BVT

W0015586

In Undine Gruenters letztem Roman ist *Der verschlossene Garten* das Symbol für die träumerische Liebe zwischen einem Mann von sechzig Jahren und einer jungen Frau: Solange ihre Liebe dauert, ist dieser Garten Paradies und Symbol ihrer Zuneigung. Doch als ein junger Mann in ihr Leben tritt, zerstört er die Einsamkeit des Gartens und somit die Liebe der beiden.

Undine Gruenter wurde 1952 in Köln geboren. Sie studierte Jura und Literaturwissenschaft und veröffentlichte zahlreiche Romane und Erzählbände. Sie starb 2002 in Paris, wo sie seit Ende der achtziger Jahre des letzten Jahrhunderts lebte. Im Berliner Taschenbuch Verlag bisher erschienen: *Ein Bild der Unruhe* (2004), *Nachtblind* (2005), *Sommergäste in Trouville* (2005), *Vertreibung aus dem Labyrinth* (2005).

Undine Gruenter

Der Verschlossene Garten

Roman

Berliner Taschenbuch Verlag

Mai 2006
BvT Berliner Taschenbuch Verlags GmbH, Berlin
Lizenzausgabe mit freundlicher Genehmigung des
Carl Hanser Verlags München Wien

Umschlaggestaltung: Nina Rothfos und Patrick Gabler, Hamburg,
unter Verwendung des Bildes »Der Weg durch das Irisbeet«
von Claude Monet
Gesetzt aus der Sabon durch Gaby Michel, Hamburg
Druck und Bindung: Clausen & Bosse, Leck
Printed in Germany · ISBN 3-8333-0161-9

für K. H. B.

I.
Soudain

Das ganze Theater um die Unschuld hat mich immer kaltgelassen. Ich bin kein Immoralist, doch die Tugend interessiert mich nicht. Als meine kleinen Schwestern anfingen, über ihre Menstruation zu tuscheln, habe ich mich angewidert abgewandt. Als meine Freunde anfingen, sich mit ersten Erfolgen zu brüsten, von denen blutige Streifen auf weißen Laken zeugten, habe ich mich angewidert weggewandt. Ich habe nie verstanden, weshalb man eine Unschuld verlieren oder bewahren soll. Außerdem: Die Unschuld ist tot. Sie ist unmerklich gestorben, irgendwann in den sechziger Jahren des 20. Jahrhunderts. Ihr Tod ist nicht von pompösen Phrasen begleitet worden wie von jener über jenen Gott, der tot sei und der doch immer wieder aufstand wie ein Demiurg und die Kirchen füllte. Sie bekam keine Fanfaren, keine Tücher und Fahnen auf ihrem letzten Geleit. Wir verabschiedeten sie ohne Totenmusik und Todesmärsche, ohne Regen und rotgefrorene Füße. Längst war sie aus ihren Behausungen vertrieben, den jungfräulichen Gärten, den stillen Klöstern, den weißen Mädchenzimmern, die ihre Jahrhunderte möbliert hatten. Blaßblau gestrichen oder weiß getüncht, Zimmer mit Musselinvorhängen, die das Draußen verhängten.

Die nur Geheimnisse hüteten, in die jede Mutter ihre Nase hätte stecken können, wenn sie eine Schublade aufzog. Sie sind verschwunden. Das Wort *Mädchen* trug längst bei der Hochzeit Schwarz, obwohl vor den Kirchenportalen nach wie vor weiße Roben ausgestellt werden.

Ich bin fast sechzig, und Hochzeiten haben mich nie interessiert. Ich verfüge weder über den Zynismus des Spießers noch über den Tugendkatalog des Verführers. Meine Geliebten hatten alle das gleiche Alter – die Frau von dreißig Jahren. Nichts hat mich zu ihr gezogen, nichts hat mich von den Frauen ferngehalten. Nur die Unschuld hat mich nie angezogen, ebensowenig wie die Raffinesse. In der Liebe liebe ich die hohe Simplizität. Vielleicht ist das der Grund, weshalb manche Frauen denken, ich wäre nicht fähig zur Leidenschaft. Leidenschaft, die sich ausstellt, bekommt leicht den Geruch des Perversen. Auch die Perversion ist mir zuwider. Vielleicht mangelt es mir an einer gewissen Besessenheit. Auch die Obsession, die manche Liebenden dazu treibt, allein oder mit dem anderen in tödliche Gewässer zu springen, ist mir fremd. Ich kenne die Unruhe der Leidenschaft, die nicht nur den Körper, sondern auch Seele und Geist an den Rand der Verzweiflung bringt. Aber es stimmte nicht, wenn ich sagte, daß ich sie erst spät im Leben, mit Equilibre, kennengelernt hätte. Und es ist wohl richtig, daß mich jener Verlust der Unschuld zu beschäftigen begann, als ich Equilibre begegnet war. Es gibt kein Zurück, und damit ist auch Verführung unmöglich geworden. Um die Doppelbödigkeit dieser Formulierung nicht auf die Spitze zu treiben: Ich meine den Mythos der Unberührtheit, der gestorben ist in der Gesellschaft. (Nebenbei: Auch Equilibre war keine Jungfrau mehr.) Eine Verführung ist häufig eine Sache von zwei Whiskys oder drei Zigaretten, nicht länger jene langsame und strategische Operation, die nicht ohne Grund mit militärischen Metaphern umschrieben wird. Eine Eroberung, eine Belagerung, bei der die Belagerte eine Bastion nach der anderen verliert. Was wäre in dem Roman von Choderlos de Laclos Valmont, was Kierkegaard als Autor des *Tagebuch des Verführers* ohne die Hürde der Jungfräulichkeit? Aber mir liegen Vergleiche nicht. Und für mich läßt sich die körperliche Liebe nicht den Taktiken von Krieg oder Sport anpassen. Die Rede vom Kampf der Geschlechter halte ich für die Angeberei von Impotenten. Und ich wende mich auch angewidert weg, wenn ältere Herren feinschmeckerisch junge Mädchen passieren lassen, behauptend, sie wären noch nicht geweckt. Welch schrecklicher Uhrenschlag risse ein bis zu diesem Zeitpunkt schlafendes Mädchen aus welchem Traum? Auch die Schulen der Liebe, die Einführungsrituale in die Geheimnisse des Körpers grenzen für mich an jenen Bereich der Perversion, dessen Hautgout die Liebe für viele so interessant macht, deren Impotenz die Perversion nötig hat.

Die alten Frauen, die Kupplerinnen und Gevatterinnen, nennen das Liebe machen. Die verlorene Unschuld.

Obwohl ich fast sechzig bin, ist mir der Sinn für das Drama verschlossen geblieben, das das Leben so vieler Frauen ruiniert hat. Doch nun, da verschwunden ist, was früher höchste Attraktion war, da die Virginität keine Rolle mehr in der Gesellschaft spielt, muß ich nun wirklich in die Schwanengesänge älter gewordener Herren mit einstimmen, die im Verschwinden dieses Tabus den Untergang der weiblichen Zivilisation sehen? Ich breche in Gelächter aus, wenn ich an das Objekt dieses tausendjährigen Kultes denke. Ein kleines Häutchen, das Hymen, dessen unzeitiger Riß über Leben und Tod entschied. War es nicht längst, bevor es starb, ein alter Hut? Ein verstaubter Ladenhüter? Aber das Material war zu winzig, als daß man auch nur einen Filzhut daraus hätte arbeiten können. Wie jenen alten Hut, den ein junges Mädchen von fünfzehn auf einem Schiff in Indochina trug, um ihn einem Verbotenen, dem Liebhaber, zu übergeben. Als eine alte Dame, eine russische Prinzessin und Emigrantin mir sagte, dieses Mädchen, deren Geschichte sie gelesen hatte, sei nichts als ein kleines Hürchen, ein altes Flittchen, wandte ich mich angewidert ab.

Nichts war hinreißender, als wenn ich Equilibre durch die offene Tür allein in ihrem Zimmer sah und selbstvergessen vor sich hin singen hörte. Ich wollte nicht lauschen, ich wollte nichts hören, ich wollte nie ihre selbstvergessenen Augenblicke stören. Aber manchmal, an regnerischen Tagen, wenn wir beide in unseren Zimmern blieben, die nebeneinanderlagen, hörte ich sie doch. Nicht nur ihre kindliche Stimme, die Töne, sondern auch die Worte: »Einst glaubte ich, als ich noch / unschuldig war / und das war ich einst grad so wie du / vielleicht kommt auch zu mir einmal einer / und dann muß ich wissen, was ich tu.«

Sie wußte es nicht. Sie wußte es genausowenig wie andere Verliebte, aber am Ende blieb ich allein. Nun ist dieses leere verstaubte Haus, in dem wir fünf gemeinsame Jahre gelebt haben, wie eine lächerliche verlassene Höhle, wie ein jungfräulicher Körper, den ich nie besessen habe. Vor dem Fenster des Hauses fließt die Marne. Es ist Winter. Kein Angler und kein Junge mit einem Kahn lassen sich sehen. Am Morgen ist die Straße glatt, von Reif überfroren. Und wenn die Sonne hinter den kahlen Bäumen hervorkommt, höre ich keinen anderen Schritt als den des Briefträgers, der keinen Brief bringt von Equilibre. Ich habe alles vergessen, was mich quält. Die Ausflügler im Sommer, die auf Hausbooten Musik hören, das Dröhnen der Stereoboxen und das Geschrei ihrer besoffenen Stimmen. Die Spaziergänger, die ihre Brote auspacken oder auf einer der Inseln im Fluß Würstchen grillen und Bierflaschen öffnen. Die Hochhäuser, die mit eleganten Glasfassaden wie Wachtürme ohne Besatzung das alte Zentrum unserer kleinen Stadt umstellen. Als ich das Haus kaufte, war ein stiller Novembertag, ein leichter Nebel hüllte alle Geräusche in Watte, und kein Mensch war auf dem Fluß zu sehen. Auch die Nachbarhäuser standen in genügendem Abstand. Und ich glaubte, das richtige Haus gefunden zu haben. Ich wollte ein Haus vor den Toren der Stadt, um von Anfang an unsere Abgeschiedenheit zu beziehen. Noch nicht verheiratet, entzog ich Equilibre so schnell wie möglich den festen Händen ihrer weitverzweigten Familie. Ein Vorgehen, das mir sehr bald den Ruf eines Sadisten einbringen sollte, der ihre kleine Tochter und Schwester in einem Haus vor den Toren gefangenhielt. Das aber Equilibre von endlosen Geburtstagsfesten, Begräbnissen und Familienszenen befreite.

Und nun sitze ich nie mehr in dem alten Ohrensessel neben dem Kamin, da er das Symbol unserer Trennung geworden ist. Die runde Delle im Sitz, wo die Federn ein wenig ausgeleiert sind, blickt mich an wie ein alter Hund, der seinen Herrn verloren hat. Equilibre liebte diesen Sessel, das braune Leder und die Messingnägel, ich hatte ihn aus England kommen lassen. Sie strich über das dunkle Holz der Armlehnen und behauptete, er stamme aus der Epoche Queen Annes, da sie ab und zu so tat, als verstünde sie etwas von Antiquitäten. Wenn ich verreisen mußte, fand sie in diesem Sessel Zuflucht, so wie sie manchmal einen Pullover von mir trug oder einen Schal. Es war mein Sessel, und kaum waren wir eingezogen, kaufte sie mir ein Paar weinroter Pantoffeln aus hauchdünnem Kalbsleder. Sie behauptete, zu einem Sessel gehörten Pantoffeln, und eine Figur aus *Pygmalion* trage ihrem Schöpfer solche Pantoffeln an. Ich war nicht ihr Schöpfer, und ich haßte Hausschuhe, aber ich nahm die Pantoffeln. Bis sie sie mir später an den Kopf warf, keine Figur Pygmalions und kein Kobold mehr, sondern eine normale Frau, die in einem normalen Vorwurf einen Ausweg suchte. Du bist zu alt zum Leben, sagte sie, als wir anfingen, war es für dich das Ende, und du wolltest den Rest deiner Tage in diesem Sessel verbringen, mit der Frau unter dem Dach und der Mauer um dein Haus. Ob das zutraf – Equilibre hatte ihren Grund gefunden. Mit welch kindlicher Freude hatte sie alle Dinge in Besitz genommen, den Sessel, den Kamin und den Blasebalg. Im ganzen Haus waren ihr die Dinge wie Spielzeug gewesen. Ich hatte das Haus für sie gekauft, denn ich hielt nichts davon, eine neue Frau in einen schon abgelebten Ort zu setzen. Ich hatte keine neue Frau, es war die erste, ich hatte nie eine Frau gehabt. Die anderen Frauen vor ihr kamen und gingen, und ich verbrachte meine freie Zeit meist in Cafés und Restaurants mit ihnen, sogar in Hotels, sogar wenn wir in derselben Stadt wohnten. Und so verließ ich meine kleine Junggesellenwohnung in der Rue de l'Odéon. Ich verließ diese kleine, verräucherte Höhle, die mir für Equilibre nicht angemessen schien. Ich verließ den Posten, den ich seit zwanzig Jahren in einer winzigen Redaktion in der Rue Bonaparte innehatte. Ohne zum intellektuellen Leben von Saint-Germain zu gehören, hatte ich in dieser Redaktion eine Vierteljahresschrift geleitet, in der junge Philosophen zunächst den Untergang humanistischer Ideologien ankündigten, bevor sie die Fortsetzung von Kriegen als Inhumanität der Epoche anklagten und den alten Ladenhüter Humanismus neu entdeckten. Ich war fünfundfünfzig, ohne Arbeit, gerade verheiratet, und eine kleine Rente sollte uns, zusammen mit größeren Einkünften aus der Erbschaft einer Patentante, das Leben vor den Toren der Stadt ermöglichen. Equilibre, die gerade die Schule verlassen hatte, hatte noch nichts Bestimmtes vor und verbrachte Tage damit, ihre zierlichen Möbel immer anders aufzustellen und mich mit Bemerkungen zu unterhalten wie der: Vorhänge vor den Fenstern zeigten den Spießer an, nur der *petit bourgeois* verberge am Abend sein Leben vor den Augen der Nachbarn. Zur Straßenseite hin floß die Marne, die Rückseite des Hauses lag zu dem hochummauerten Garten hin. Es gab keine Augen zu befürchten. Wir hatten jeder unser eigenes

Zimmer. Equilibre mochte keine Schlafzimmer. Sie lagen im ersten Stock mit Blick auf den Garten. Gästezimmer, Bad und Schrankzimmer gingen zur Straße. Das Haus war klein, aber geräumig genug, einen Gast aufzunehmen. Im Erdgeschoß lagen Salon, Eßzimmer und eine kleine Bibliothek, und die Fenster gingen wie Glastüren bis auf den Boden und gleich auf die Terrasse zum Garten: Zwischen Gartentor und Haustür verlief ein mit Backsteinen gepflasterter Weg, rechts und links gesäumt von zwei verwitterten Pfosten mit alten, fast die Erde schleifenden Ketten. Equilibre nannte das Haus den kleinen Bahnhof. Er erinnerte sie an solch verschlafene Gebäude in der Provinz, und sie verschickte zu Anfang viele gedruckte Karten mit ihrer neuen Adresse. Auf denen versprach sie den möglichen Gästen zum Empfang einen *kleinen Bahnhof*. Dies war ihr Understatement, um *großen Bahnhof* zu machen. Ich hatte einen Verdacht, warum sie die Karten verschickte. Es war eine Revanche. Denn umgekehrt flatterten noch eine kleine Weile Briefe ins Haus, Briefe, die sie mit gerunzelter Stirn aus dem Briefkasten holte und auf dem Tisch vor dem Garderobenspiegel liegenließ. Auf blaßrosa Papier mit Sepia-Tinte, auf schwarzem Papier mit weißem Bleistift drückten die gebildeten Damen, die meine Zeitschrift bezogen hatten, ihr Bedauern über meinen Abschied aus. Es gibt diese Frauen überall. Sie sind gebildet, belesen, gesellschaftlich, sie sind vermögend, und sie suchen ab und zu einen interessanten Gast für ihre Tafel. Equilibre war eifersüchtig und sprach im geheimen diesen müßiggängerischen Gänsen jeden Anspruch auf mich ab.

Seit wann war es zu spät, unser Haus solchen Gästen zu öffnen? Den interessierten Tanten und Schwestern, den an allem nippenden Leserinnen und dem einen oder anderen philosophischen Kopf. Mich langweilten solche Einladungen, seitdem ich in meiner Jugend meinen Eltern durch verschiedene europäische Hauptstädte gefolgt war. Mein Vater war Diplomat. Ich lernte auf diese Weise flüchtig ein paar Sprachen, und die Salons und die Abende meiner Eltern waren immer besetzt. Seit wann war es zu spät? Hätte ich mir sagen müssen, daß meine Langeweile nicht die von Equilibre sein konnte, wenn sie nie ein Wort darüber sagte? Diese Tage jetzt sind lang, auch wenn der Abend früh anbricht und der Morgen spät anfängt. Manchmal dauert es bis gegen Mittag, bis sich Nebel und Rauhreif verzogen haben. Manchmal denke ich, nun wird es so bleiben, nichts wird sich mehr ändern, bis ich sterben werde. Alles wird bleiben, wie es abgebrochen wurde, in diesem unvollkommenen Zustand, und ich begreife, daß dies das Schlimmste ist und daß ich wie die meisten Menschen nur an ein vollkommenes, das heißt ein abgeschlossenes Leben gedacht habe, wenn ich an den Tod dachte. Ich begreife, daß ich keine Zeit mehr haben werde, etwas zu ändern, wann auch immer der Tod eintritt. Der Tod. In gewisser Weise scheint er längst eingetreten. Das Haus ist still wie ein großer Sarg. Ich unterlasse es mehr und mehr, eines der Zimmer zu betreten, als erwartete ich, die Spur von jemandem zu finden, der es gerade verlassen hat, den Geruch von Wachs, mit dem Madame Tourmel die Möbel abgerieben hat, oder den zarten Duft von Schneebällen, mit denen Equilibre die

Vasen füllte. Mit erstauntem Blick sehe ich, wie hell die Zimmer sind. Der Winter leuchtet alles doppelt so deutlich aus, weil die Blätter keine Schatten durch die Fenster werfen. Der Tod in diesem Haus? Welche Hochstapelei liegt in dieser Phrase, da seine Mauern aus rötlichem Bruchstein genauso fest sind wie zuvor, die blanken Fenster mit weißen Sprossen genauso spiegeln und die weißen Holzläden genauso leise im Wind klappern wie zuvor.

Wie klein kommt mir das Haus jetzt vor, da ich alle Zimmer zu meiner Verfügung habe. Seit Wochen lasse ich alles stehen und liegen und habe meine Junggesellengewohnheiten wieder aufgenommen. Nein, das Haus ist kein Mausoleum, in dem jeder Strumpf, jede Locke von Equilibre gehütet würde wie eine Reliquie. Ich lasse alles stehen und liegen: ein paar Zeitungen im Salon, ein paar ungespülte Teller in der Küche, dies ist alles. Meine Junggesellengewohnheiten: ein Essen aus Spiegeleiern, aus getoastetem Weißbrot, aus Thunfisch aus der Büchse. Ja, auch Madame Tourmel hat mich verlassen, eine Weile kam sie noch zweimal in der Woche, brachte Vorräte mit, die zu kaufen ich ihr nicht aufgetragen hatte, und machte einen Höllenlärm, wenn sie mit dem Staubsauger über das bloße Parkett fuhr und den Staub aufnahm.

Als Equilibre noch da war, hatte sie Besen und Wassereimer benutzt. Aber nun sparte sie Zeit, und entgegen der Legende, daß eine *femme de ménage* am liebsten in einem Junggesellenhaushalt arbeitet, knöpfte mir Madame Tourmel dasselbe Geld für immer weniger Arbeit ab. Allein schalten und walten zu können, scheint das Unbehagen bei weitem nicht aufwiegen zu können, das Unbehagen, bei einem Junggesellen zu arbeiten, dem man die Abneigung gegen jede weibliche Gesellschaft nachsagt. Als Madame Tourmel bei uns anfing, sah sie aus wie eine Frau von soliden Vierzig, das Haar straff zurückgekämmt und flache Schuhe an den Füßen. Als sie ging, sah sie aus wie eine Frau von Dreißig. Ihre Fingernägel waren jetzt blutrot lackiert, und ihre Absätze waren hoch. Eine einzige Sache war gleichgeblieben, nämlich daß sie ihren Namen wie einen Dutt auf dem Kopf trug, der sich unter Höflinge verirrt hatte. Doch ihr Knoten saß im Nacken. Er war griechisch und schwarz gefärbt. Sie sprach mit leiser Stimme ein gewähltes Französisch und ließ durchblicken, daß sie an einem freien Abend in ein Gitarrenkonzert ging oder donnerstags, wenn bis zweiundzwanzig Uhr geöffnet war, ins Museum. Sie wischte den Staub von den Kommoden, wie es ihr einfiel, und leerte die Aschenbecher nach Zufall, und selbst ihre Erbötigkeit mir gegenüber zeigte sich als zufällige Laune. Eine alte Kupplerin, die, ohne mich anzusehen, zu Equilibre sagte, Sie sind jung. Die keine Kupplerin war, da es keine Unschuld gab, da sie nie etwas zu sehen und nie etwas zu hören schien. Wenn sie Equilibre den Telephonhörer reichte, aus dem eine fremde Männerstimme kam, tat sie es so abwesend, als handele es sich um eine anonyme Botschaft aus dem Büro des *Gaz de France*, und nie hörte ich eine anzügliche Bemerkung, wenn Equilibre ausblieb oder sich verspätete. Sie wusch unsere Laken, kochte unsere Frühstückseier und räumte ohne ein Wort das Geschirr weg. Sie kam fast jeden Tag und fragte nie, wie wir lebten.

Aber vielleicht war es jedem Dritten klar, wie wir lebten, und nur ich glaubte, daß wir das Geheimnis unseres Alltags bewahrt hätten, und keine Haushälterin, keine Nachbarin könnten die Zungen über uns wetzen.

So bin ich schließlich allein. Allein. Endlich allein. Nur der Briefträger kommt, der die Post in den Kasten am Gartentor wirft. Doch dieses *Endlich allein,* das aus einem Boulevardstück stammen könnte, wenn der Hauptdarsteller nach einem Wochenende voll familiärer Szenen das Pack endlich los ist, stammt nicht von mir. Und trage ich, wie der Hauptdarsteller in jenem schlechten Stück, vielleicht einen alten Samtrock und fettige Haare, ein Don Juan, dem nach einer Alterskinderei nur noch ein verfallenes Gemäuer übriggeblieben ist? Die Leute geben mir nicht mehr als fünfzig Jahre. Mein Haar ist nicht lang und noch fast schwarz. Auch mein Bart, scharf geschnitten und um den Mund ausrasiert, zeigt kaum graue Stellen. Meine Zähne sind weiß, trotz der vielen spanischen Zigarillos, die ich rauche. Mein Körper hat sich erhalten, und da sich Equilibre auch auf leichteste Weise ihre kindliche Vorliebe für Coca-Cola, für Pommes frites und für Nougat abgewöhnte, konnte uns die Ernährung keinen Schaden antun. Bald fand sie an einem leichten Wein mehr Gefallen als an den unverdünnten Whiskys ihrer Schultage, und wenn ich beim Essen einen leichten Pomerol aus der Karaffe in ihr Glas goß, betrachtete sie mich vergnügt und sagte, ich hätte die scharfen Züge, die eleganten Allüren eines südamerikanischen Großgrundbesitzers.

Wußten Sie nicht, daß Sie schrecklich in sie verliebt

waren? Schrecklich bis zum Wahnsinn, schrieb mir neulich ein Onkel, ein Kardinal aus Paris, bei dem ich eine Botschaft für Equilibre hinterlassen habe für den Fall, daß sie dort auftaucht. Wußte ich es? Weiß ich es, nachdem es so scheint, als ob ich alles dazu getan hätte, mich von dem einzigen grünen Lebenszweig abzuschneiden, auf dem ich je saß?

Der Garten bleibt verschlossen. Ich habe ihn kaum noch betreten. Wenn ich aus dem Fenster sehe, sehe ich die beiden Alleen von Rosenstöcken und Mirabellenbäumchen, heruntergeschnitten und für den Winter gut verpackt. In den leeren Becken liegen noch ein paar Blätter vom Herbst, und manchmal scheint die steinerne Bank einen Frost zu bekommen. Die Mauer, die den Garten von drei Seiten umschließt, scheint höher im Winter, unüberwindbarer, als verleihe ihr im Sommer das Schattenspiel von Bäumen und Wasser den Charakter einer flexiblen Bühnenwand. Um den Kulissencharakter der Mauer herauszuarbeiten, ließ ich fast alle alten Pflanzen herausreißen. Der Garten war zugewachsen, fast verwildert, und schon zuvor hatten die Bewohner zuviel und zu dicht gepflanzt. Es ist derselbe Fehler, den die Bewohner kleiner Häuser machen. Sie stopfen alles so voll, als wollten sie den Mangel an Raum durch ein Zuviel an Gegenständen verbergen. Die meisten Pflanzen waren immergrüne Dauerpflanzen, anspruchs- und phantasielos, die dem alten Garten die traurige, düstere Atmosphäre eines auf ewig eingestellten Schattenreichs verliehen. Der Garten ist nicht groß. Aber dadurch, daß ich ihn zunächst bis zu den Mauern vollständig freilegte, bekam er mit der neuen Anlage den Charakter eines unendlichen Vexierspiels, in dem sich die kleinen Alleen vervielfältigen. Zöge ich nicht unter den Sinnesorganen die Augen vor, vergliche ich die Unendlichkeit unseres kleinen Gartens mit der eines Ohres, dessen unsichtbare Gänge einen unendlichen Echoraum bilden. Unendlichkeit ist hier eine ästhetische Metapher, keine metaphysische.

Der Garten ist also von allen Seiten nach außen hin abgeschlossen und nur durch das Haus betretbar. Ich ließ die alten Mauern aus rotem Backstein doppelt so hoch ziehen, fast bis in die Höhe des ersten Stocks. Einmal, während noch alles in Vorbereitung war, führte ich Equilibre herum, durch das Haus, durch den Garten. Da war alles umgepflügt und nichts zu sehen, abgesehen von den trocknenden Mauern. Ihre Stiefel rutschten durch die schlammige Erde, das Wetter war ungemütlich an jenem Tag, aber ihr Kopf steckte sogleich voll liebenswürdiger Ideen, voll Rabatten, Staudenbeeten und selbst einer Schaukel zwischen zwei Nußbäumen. Am liebsten hätte sie oben auf die Mauern Amphoren mit Hängegeranien plaziert. Als sie mein zweifelndes Gesicht sah, verteidigte sie ihren Einfall, Hängegeranien gehörten wie alle Rankenmotive zum Jugendstil, und schließlich stamme die Form des Daches – ein ins Omega abgerundeter spitzer Giebel – eindeutig aus der Jahrhundertwende. Aber sie war so liebenswürdig, alle diese Einfälle sofort wieder fallenzulassen, nicht aus Passivität oder falscher Nachgiebigkeit oder sogar Faulheit, es war Liebenswürdigkeit. Sie stellte sich auf die Zehenspitzen, legte mir die Arme um den Hals und sagte, ich bin sicher, ich hätte es nicht besser gemacht. Ich hatte andere Pläne, Rabattenbeete, all die bunten Kleinigkeiten, mit denen die Weiblichkeit die Villengärten zu einer Augenweide machen, sind mir zuwider. Das einzige, was ich gelten ließ, war eine Stele mit einem kleinen Kinderkopf. Ich ließ sie rechts in die hintere Ecke setzen. Und wenn ich später ab und zu einen kleinen Kranz von Efeu oder Gänseblümchen auf dem Köpfchen fand, lächelte ich über die Resistenz von Equilibres Kindereien und hütete mich, sie anzurühren. Als steckte schon damals in mir jener Eremit, der das Haus einmal bewohnen sollte, und als hätte ich schon damals gewußt, daß solche Unregelmäßigkeiten in der unheiligen Ordnung meiner Gartenbühne das Gedächtnis bildeten, von dem ich jetzt zehre. Als hätte ich Equilibre nicht geliebt mit diesen Gänseblümchen und Efeu und mit ihrer verdammten Angewohnheit, morgens mit nackten Füßen durch das feuchte Gras zu gehen und im rötlichen Sand der eben geharkten Wege ihre Fußspuren zu hinterlassen.

Die Anlage des Gartens ist denkbar einfach. So simpel, sagte ich Equilibre, daß weder Wassergeister noch andere Figuren aus früheren Epochen, die aus unterirdischen Rinnsalen über die Fontänen der beiden Becken aufsteigen, den Garten erschrecken können. Fast schien sie zu bedauern, daß es in dem Garten keine Verstecke, keine Nischen und Lauben gab, und fast schien mein Plan gescheitert, denn Equilibre sollte die einzige Hauptfigur der kleinen Bühne sein. Aber dann schien es ihr viel interessanter, den Garten zu nehmen als das, was er war, anstatt ihn mit flötenspielenden Panen oder bocksfüßigen Satyrn zu bevölkern. So also sieht er aus (und er ist nicht das, was er scheint): Von der Terrasse bis zur gegenüberliegenden Mauer erstreckt sich ein Rasen, in zwei gleichgroße Stücke geteilt. Rechts und links führt ein Weg zwischen Rasen und Mauer geradeaus und biegt im Karree in eine Gerade vor der gegenüberliegenden Mauer ein. In der Mitte der Rasenstücke führt ein schmaler Weg parallel bis zum Ende. Dort steht die steinerne Bank, von zwei hohen Pappeln umrahmt. Die äußeren Wege säumen zwei kleine Alleen von Rosenstöcken und Mirabellenbäumchen im Wechsel. In der Mitte der Rasenstücke zwei kleine runde Becken mit einem einzigen Springbrunnenstrahl, in Sandstein eingefaßt, wenige Lorbeersträucher, unbeschnitten und wild gewachsen, unterbrechen die Eintönigkeit der Mauer. Der Fluchtpunkt des Gartens ist jene steinerne Bank zwischen den Pappeln. Ich kaufte zwei fünf Jahre alte Bäume, um dem Garten soweit wie möglich den Charakter des Neuen zu nehmen. Um es zu übertreiben: Der Garten war für Equilibre. Ich duldete allenfalls ein paar Vögel, die durch die Zweige des Lorbeers huschten. Aber als Freund des Unregelmäßigen in der Symmetrie setzte ich in die linke hintere Ecke eine junge Weide, deren Krone gerade hoch genug über die Mauer wuchs, um das Abendlicht einzufangen. Die Geselligkeit war der Terrasse vorbehalten, die die ganze Breite des Hauses einnahm, die von einem niedrigen, weißen Holzgeländer eingefaßt war und über drei Stufen in den Garten führte. Hier gab es die Liegestühle aus Rohr, in denen sich Equilibre räkelte oder über einem Buch einschlief. Hier gab es den alten Eisentisch mit den Stühlen, an denen wir so viele Abende in imaginärer Gesellschaft verbrachten, bevor Saint-Polar ein ständiger Gast wurde.

Wenn die Anlage eines Gartens die Verwirklichung eines Kindertraums oder die Kopie einer Paradiesvorstellung ist, so war dieser Garten für Equilibre weder mein Paradies, noch sehne ich mich nach der Kindheit zurück. Meine Mutter als *belle jardinière* bleibt eine bloße Erinnerung, wie die Gärten, die zu unseren wechselnden Wohnorten gehörten. Ich erinnere mich an einen Garten in Lissabon mit Wegen aus bunten Mosaiksteinen, mit zierlichen Lauben aus Orangenbäumen und mit achteckigen Springbrunnen. Ich erinnere mich an einen weitläufigen Garten in Brüssel, weitläufig wie ein Landschaftsgarten mit einem Flüßchen und einer Brücke und alten Baumgruppen und seitlich gelegenem Tennisplatz. Ich erinnere mich an einen letzten Garten, in Rom, mit Terrassen, Balustraden und jenen Amphoren, mit stark duftenden Bougainvilleen gefüllt, die Equilibre auf unsere Mauern setzen wollte. All diese Gärten bleiben leer in meiner Erinnerung. Sie liegen verlassen da in der Mittagssonne. Vielleicht ist auch das ein Grund, in der Erinnerung an sie nichts zurückzuträumen, denn das Paradies ist für zwei (und für einen Apfel und für eine Schlange), es ist nicht leer und verlassen von allem Anfang an. Ich weiß nicht, aus welcher Epoche das Wort Paradiesgarten stammt, aber der ursprüngliche Garten war offen. Die Unendlichkeit des Paradieses stößt nirgends an die Grenzen (metaphysisch: des Bösen). Das Paradies braucht keine Zäune und Mauern, es hat die Unendlichkeit jener grenzenlosen Unschuld, und es braucht das Maß eines Gartens, damit ein Paar sich darin nicht verloren fühlt wie ein einzelner. Ich sagte schon, daß ich mit Equilibres Garten kein Paradies suchte. Aber wenn ich sagen sollte, wie ein Paradiesgarten aussähe, so ist er sicher so unendlich und so begrenzt wie der ursprüngliche Garten. Aber das Bild des ursprünglichen mit seinen orientalischen Pflanzen und Düften, mit seinen zarten Winden und heiteren Vögeln, überlagert sich bei mir mit den Bildern antiker Landschaften, griechischer Hügel, mit Olivenhainen und römischen Ebenen, mit Pinien und Weinreben. Und das Paar, das sich im Schatten eines Olivenbaumes mitten am Tag niederlegt, ist immer so jung wie Daphnis und Chloë in der Erzählung von Longos, während sie Ziegen hüten und keine Schmerzen erleiden, bis die Gesellschaft sie ihnen beibringt als Zugabe der Liebe. Und war es nicht weit, weit weg von unserem Hortus conclusus, irgendwo in südlichen Bergen zwischen Oliven und Weinreben, daß ich, Equilibres leise Seufzer an meinem Ohr hörend, plötzlich ihren Schrei vernahm. Ein Insekt lief ihr zwischen den Brüsten hinunter zum Bauch, und sie brach in Tränen aus. Es war keine Zikade wie jene, die in Chloës Busen fiel und Daphnis erlaubte, die Grille zu suchen, wo es verboten war. Ich kannte Equilibres Brüste und ihren von der Sonne olivfarben gebräunten Bauch, und ich wußte, daß wir niemals ins Paradies der Gleichaltrigkeit und jener glückseligen Mittage zurückkehren konnten, in denen auch wir unser Lager aufgeschlagen hatten. Aber war ich nicht für einen Moment glücklich, einen langen Moment, und war das nicht irgendwo, und in der Tiefe vor den schweigenden Hügeln blinkte das Meer wie ein ägäischer Spiegel?

Ich habe gesagt, der Fluchtpunkt unseres kleinen Gartens sei die steinerne Bank, eine niedrige Sitzplatte aus grauem porösen Stein auf zwei Füßen in Volutenform, und rechts und links eine Pappel. Equilibre erriet sofort, daß dieser kleine Ort eine Anspielung auf Haag, Nische oder Laube sein könnte. Tatsächlich, die Bank mit den zwei Pappeln war eine schiere Abstraktion: Dort in der Mauer, in einer schattigen Halböffnung, hätte eine verborgene Venusstatue stehen können, wie der geheime Fluchtpunkt in einem Renaissancegarten, aber wegen der hohen Mauern hätte sich dort eher ein mittelalterlicher Rosenhaag auftun müssen. Doch die Heilige im Rosenhaag, die Verkörperung der Unschuld, zu der in der Malerei oft ein irdisches Modell saß, hätte kein Kind auf dem Schoß gehalten. Mein Entwurf sah kein Kind vor, sondern den Bruch mit der Tradition, der wie ein blasphemischer Witz das Zeitalter von Antibabypille und Scheidenpessaren durchzieht. Die Suche nach irdischen Paradiesen und die falsche Wiederholung des Paradieses auf Erden hört auf mit dem Anfang der Unbefleckten Empfängnis. Das zerrissene Häutchen wird ersetzt durch die dünne Haut eines Pessars. Es bleibt nur der Kitsch von der Frau als Heiliger oder Hure in Rudimenten. Unser Hortus conclusus bezog sich auf das späte Mittelalter, in dem die gebändigte Leidenschaft tiefrote Blüten trieb. Ich hatte mich mit Bildern mittelalterlicher Gärten beschäftigt, deren Eigenart die Abgeschlossenheit von der Außenwelt ist, Klostergärten mit zierlichen Wegen und Beeten, in denen jede Pflanze, jede Zierblüte und jedes Heilkraut eine symbolische, wenn nicht allegorische Bedeutung hat. Die Hohe Frau sitzt anstelle der Madonna im Haag, und die Hohe Frau ist zugleich die Keusche und Fromme, die Nonne im Klostergarten, die sich von den höfischen Freuden und Zerstreuungen eine Weile zurückzieht. Jenseits der Mauern das Lärmen der Welt, Tänze und Feste und Turniere, Waffengeklirr und das Pfluggeschirr auf den Äckern. Der Hortus conclusus gilt als Metapher für Virginität. Eine Weile überlegte ich, ob ein weißes Windspiel als Gesellschaft für Equilibre in diesem jungfräulichen Garten erlaubt sei. Die Gesellschaft eines zierlichen Windhundes, wie er auf mittelalterlichen Tapisserien zu finden ist, schien mir passender als die jener Heiligen auf den Bildern venezianischer Maler, zwischen denen die Jungfrau Maria thront. Ein Rest von praktischer Vernunft hielt mich davon ab, sofort nach einem solchen Hund zu suchen. Wenn ich auch vorhatte, ein zurückgezogenes Leben zu führen, in dem weder gesellschaftliche Aufgaben noch intellektuelle Zeitgenossenschaft noch familiäre Pflichten Platz hätten, so wollte ich doch frei sein für Reisen und Ausflüge in die Stadt.

Der Garten sollte kein Meisterwerk werden, er sollte das Passende für Equilibre sein, denn ich halte das Passende für einen der Schlüssel der Liebe. Der Hortus conclusus als Ort der Möglichkeit der Liebe, wo doch im allgemeinen der Sinn für das Mögliche, diese Freiheit der Phantasie, gegen die Wände des Unmöglichen in der Liebe rennt. Wenn jede Liebe einen kleinen geheimen Ort hat, zu der kein anderer Zutritt hat, so sollte der Gartenplan diesen Ort vorsehen. Daß mir Equilibre, indem ich sie gewählt hatte, zugefallen war, schien mir noch wenig wahrscheinlich. Denn trotzdem blieb ich noch Herr dieser Anlage, in der Equilibre ihren festgesetzten Platz einnehmen sollte. Und ich glaube, derselbe blasphemische Witz war am Werk, der meine Pläne aus seinem tiefen Ernst fischte, als sich eines Morgens Equilibre im Garten vernehmen ließ. Das Fenster zu meinem Zimmer stand offen, und sie saß allein am Rand des Beckens, *I don't know how to love him / I don't know how to move him / He's a man, He's just a man / and I've had so many men before / in very many ways, He's just one more.* Dieses Liebeslied der Maria Magdalena stammte aus dem Musical *Jesus Christ Superstar,* das kaum älter war als Equilibre selbst.

Natürlich betreten auch andere jene kleinen geheimen Orte, sie trinken dieselben Cocktails, hören dieselben Songs und tanzen nach denselben Rhythmen. Aber nie empfinden die anderen dasselbe, selbst wenn sie alle Geheimnisse kennten oder sich mit Büchern und Platten in unsere Gefühle drängten. Es hat wohl im Lauf der Jahre einige Verehrer gegeben, die Equilibre Objekte für ihren Garten schenkten. Es war ein Spalier dabei, das sie an die Mauer hinter ihrer Bank nageln sollte, um dort Kletterrosen zu ziehen. Die meisten dieser Geschenke landeten auf dem Speicher, oder sie verschenkte sie weiter, einen Terrakotta-Frosch für den Rand des Bassins, einen Puter aus Tuffstein für die Seite mit den Mirabellen. Selbst eine bequemere Gartenbank aus weißgestrichenem Holz sollte die Steinbank ersetzen. Wir stellten sie vor dem Haus auf, neben dem Eingang. Die freundlichen Vorschläge und

Gaben ihrer Familie umfaßten auch eine Hängematte und eine elektrisch zu bedienende, kostspielige Hollywoodschaukel mit zart gestreiftem Stoff bezogen. Wir ließen sie sofort zurückgehen, als uns der Lieferant eines frühen Morgens nach der Hochzeit aus dem Schlaf klingelte, und Equilibre ließ sich von der Firma einen Gutschein geben, den sie bis heute nicht eingelöst hat.

Manchmal, wenn ich aus dem Fenster blicke, sehe ich alle diese Dinge unseren Garten vollstopfen, kostspielig, von erlesenem Geschmack oder als ein kitschiger Gag wie jener Gartenzwerg als Mönch, der eine Rosenschere in der Hand hielt. In finsteren Momenten sehe ich in dem winterlichen Garten nur noch eine jungfräuliche Kahlheit, unbenutzt und vertrocknet, die die alte Jungfer von der knospenden Jungfräulichkeit scheidet. Nur der Rasen und die kahlen Zweige der Rosenstöcke sind noch Zeichen von Natur. Sonst ist alles aus Stein: die Mauern, die leeren Wasserbecken, die Stele, die Bank. Und hierhin, ans Ende meiner Einsamkeit, habe ich Equilibre gesetzt zwischen zwei Pappeln.

Aus einer Abneigung gegen die bürgerliche Ehe bestand Equilibre darauf, weiter Mademoiselle genannt zu werden. Sie hatte diese Abneigung seit ihrer Kindheit, aber ich bin sicher, daß auch ihre Vorliebe für alles Bizarre und die kleinen Demoisellen in ihren *contes de fée* eine Rolle spielten, die auf dem Bücherregal in ihrem Zimmer standen. Ich glaube nicht, daß sie schon mit neunzehn daran dachte, daß der Titel Mademoiselle sie jünger machen sollte. Sie sah aus wie vierzehn, und wenn sie sich schminkte, wurde es noch schlimmer. Sie sah dann aus wie eine Lateinschülerin, die sich für eine Orgie zurechtgemacht hat und in einen Farbtopf gefallen ist. Ich selber fand, daß der Zusatz Mademoiselle ihrem Namen jenes Gleichgewicht zurückgab, das zu einer allzufrüh geschlossenen Ehe in Widerspruch stand. Sie erzählte mir kichernd ein Kapitel aus einem Roman ihrer Jugend, in dem der Held, ein Mann von vierzig Jahren, dem Vater der Braut bei der Hochzeit das Versprechen geben mußte, seine junge Frau noch ein Jahr unberührt zu lassen, so zart, so jung, so unbeschrieben war sie. Trotzdem mißfiel mir an dem Titel Mademoiselle, daß er mich vor Fremden noch mehr in eine schiefe Lage brachte. Equilibre trug zwar keine langen Zöpfe mehr, aber ich habe – ich sagte es schon – keinen Geschmack an perversen Rollen, und ich wollte nicht mit einem Vater verwechselt werden. Wohl kaum sollte Mademoiselle eine Klage bedeuten, daß ich ihr zu wenig Aufmerksamkeit widmete. Die Generation meiner Eltern hätte das eheliche Pflichten genannt.

Daß sie auf diesem Gebiet zufrieden war, zeigte sie mir gleich beim ersten Mal. Es war in meiner Wohnung, wir hatten den Nachmittag auf meinem alten Diwan verbracht, der häufig so mit Büchern überhäuft war, daß ich mir nicht wenige anzügliche Bemerkungen von Freunden hatte anhören müssen. Equilibre stand auf, nackt und nur noch mit einem durchsichtigen Strumpf bekleidet, und stellte sich an die kleine Dachluke, die den Blick auf Zinkdächer und Geranientöpfe vor den Dachfenstern gegenüber freigab. Ich lag auf dem Bett und betrachtete die anmutige Linie ihrer Schulterblätter, über die ein Abendschatten fiel. Sie kratzte sich mit den Zehen des rechten Fußes die bestrumpfte Wade und sagte, die Geranien betrachtend, ich könnte eine Weile hierbleiben.

Um das zu vermeiden beschloß ich, sie zu heiraten.

Eine Stunde zuvor hatte sie mir mit ernstem Gesicht erzählt, schon mit zehn Jahren habe sie gewußt, wie eine Frau im Bett sein müsse. Die Scheide müsse den Schwanz des Mannes so fest umschließen, wie die glatt ansitzende Haut eines dünnen Lederhandschuhs einen Finger. Sie habe das in einem Roman von Leon Uris gelesen. Fast hätte ich vor Lachen aufgehört, ihre Rückenlinie und ihre zarten Pobacken zu erkunden. Doch gebe ich zu, ich hatte eine solche Geschichte verdient, da ich ihr gerade ins Ohr geflüstert hatte, sie sei ein Naturtalent. Da hatte sie noch beide Strümpfe an und die seidenen Körbchen ihres Büstenhalters – sie fand es nicht verboten, den Fetischcharakter ihres Körpers zu betonen – und sagte, es sei vorbei, daß die Frau kein Lustobjekt sein dürfe. Wir verbrachten den ganzen Nachmittag auf jenem alten Diwan. Schon andere hatten dort gelegen, ich erinnere an meine Vorliebe für die Frau von dreißig Jahren. Daß er so geglückt war, hing sicher mit Equilibres unsentimentaler Einstellung zur Sexualität zusammen. Was war ich für ein begünstigter Liebhaber! Keine Mütter, die mit falschen Hoffnungen für die Zukunft der Töchter störten, keine Väter, die mit dem väterlichen Gesetz drohten, keine moralischen Verbote einer prüden Gesellschaft, nicht einmal die Kontrolle eines rigiden Feminismus gab es, die einen älteren Mann im Genuß dieses jungen weiblichen Körpers gestört hätten. Equilibre war zu mir gekommen, und sie legte sich, nach einer angemessenen Zeit der Konversation, ohne weitere Umstände auf meinen Diwan. Ich konnte ihre Schlüsselbeine küssen, ich konnte ihren Bauchnabel streicheln, bis sie vor Kitzeln anfing zu kichern, ich konnte das tun, vorher oder hinterher, ihre Augen schließen, ihre kleinen Brüste kneten, ich konnte mich aber ebensogut gleich in ihre geöffneten Kinderschenkel legen, auf ihrem kleinen Becken liegen, das wie ein kleines Ruhekissen war. Sie hatte das gleiche Temperament wie ich und brauchte keine Blumensträuße und Vorspiele und langes Palaver. Und keine Schwüre, die sie anheizten, und keinen Ringkampf unter lautem Stöhnen, sie gab nur jene kleinen Seufzer von sich und sprach wenig, und wenn sie nach kurzer Zeit so weit war, wußte ich, daß es nach ebenso kurzer Zeit eine Wiederholung geben würde, und nur die kleinen Schweißperlen an ihrem Haaransatz zeugten von einer gewissen Anstrengung. Ihre Unschuld bestand darin, daß sie nicht wußte, daß sie das verkörperte Vergnügen war. Ein Vergnügen, das aus der Mode gekommen ist – es sei denn, man verwechselt es mit den langweiligen Spielen des Liebemachens (ich erinnere mich, daß eine Frau in mittleren Jahren mir unternehmungslustig verkündete, Liebemachen sei wie Champagnertrinken. Nein, hatte ein ernster Freund ihr geantwortet, an meiner Stelle, die Liebe sei keine Bedürfnisbefriedigungsanstalt).

Ich setze statt Vergnügen Pläsier. Das Wort Pläsier hatte seinen Höhepunkt im ausgehenden 18. Jahrhundert. Damals wurden die Frauen als Petitessen bezeichnet. Der Verführer jener Epoche brauchte wie in den Mantel-und-Degen-Romanen mehr kühles Blut als Heißsporn und mehr reflektiertes Vorgehen als gefühlvolles Händchenhalten. Ich war bereit, beides nach jenem Nachmittag nachzuholen, an dem Equilibre mir mit ihrem Besuch zuvorgekommen war. Wenn ich sage, Equilibre war das verkörperte Vergnügen, meine ich keinen Leichtsinn, sondern eine unbewußte Verpflichtung. Sicher versteht man das Wort Vergnügen in diesem Zusammenhang besser als das Wort Pläsier, dem der Geruch des Leichtsinns anhängt. Trotzdem hatte die Entdeckung, daß wir beide erotisch dasselbe Temperament hatten, sicher mit dem Pläsier zu tun, ohne Umschweife zur Sache zu kommen. Um es philosophisch zu sagen, Pläsier wie Vergnügen haben mit der Lebensregel des *carpe diem* zu tun, den richtigen Moment zu verfehlen gilt diesem Grundsatz als Frevel gegen das Leben, und ein Subjekt zeigt sich, wo ein Mensch zum Pläsier fähig ist.

Erste Proben von Equilibres Frivolität bekam ich bei unserer ersten Begegnung. Ihre Mutter gehörte zu jenen gebildeten und müßiggängerischen Frauen, die meine Zeitschrift lasen und mich öfter vergeblich eingeladen hatten. Aber sei es, daß ein Autor, der mit ihr verkehrte, in einem Brief erwähnt hatte, daß sie eine interessante Tochter habe, sei es, daß mich eine leicht depressive Laune in Widerspruch zu meinen Gewohnheiten handeln ließ, ich ging an einem Abend dorthin, an dem auch der Autor zum Essen geladen war. Ich erwartete, eine Mutter vorzufinden, die mit der neuesten intellektuellen Mode verkehrte, und eine Tochter, die in alten Jeans in Avantgardekreisen protestierte. Statt dessen wurde es zunächst ein Herrenabend. Der Vater bewirtete uns mit einem alten

Riesling aus dem deutschen Rheingau und zog uns in ein Gespräch über Dominique Strauss-Kahn, den er als glänzenden Vertreter Frankreichs auf europäischem Parkett anpries. Ich weiß nicht, warum ich in der Erinnerung an jenen Abend nur himbeerfarbene Sessel mit hohen Lehnen sehe, tatsächlich gab es nur zwei davon, in seiner Bibliothek, und tatsächlich erfuhr ich an jenem Abend nicht, was der Hausherr für einen Hintergrund hatte. So angenehm die Diskretion solcher Abende ist, an denen sich die Unterhaltung um alles dreht, nur nicht um die eigene Profession, sosehr kommt einem solch ein Abend später verschwommen vor wie ein Zimmer mit himbeerroten Lehnstühlen mit etwas verschlissenen Bezügen. Sie waren nett, wirklich, sie waren einfach nett, die ganze Familie war nett, bis zu den kleinen, federgewichtigen King-Charles-Hündchen mit großen, runden traurigen Augen. Hier war nichts, was man gewissen Bewohnern von Neuilly nachsagt, sie sprachen weder von Deauville noch über Finanzanlagen, weder hatten sie Pendülen im Stil von Louis XIV. auf dem Kamin stehen noch kleine runde Spiegel mit Rahmen aus vergoldeten Sonnenstrahlen über den Büfetts im Eßzimmer hängen. Erst spät zum Essen tauchte Equilibre mit ihrer Mutter auf, und wir aßen zu sechst eine kleine Pintade. Equilibre saß mir gegenüber und vertraute mir an, ihre Freunde seien alle Selbstmörder, aber sie könne sie nicht alle retten, und sie sei trotzdem nicht herzlos. Sei nicht so frivol, sagte ihre Mutter und bot mir das Linsenpüree an, und Equilibre verkündete schnell – und diese Geistesgegenwart blieb mir deutlicher im Gedächtnis als die ein wenig zu schicken Freunde –, daß Frivolität die einzige Abgrenzung von der Banalität der Gefühle sei. Durch Frivolität distanzierten sich Gefühle von Kontrollen des Verstandes, schütze sich Liebe vor moralischen Kontrollen und der einzelne vor der Mitsprache der anderen. Equilibre ist unsere Gelehrte, sagte ihr Vater, sie besucht einige philosophische Vorlesungen, und im Augenblick besprechen sie einen unverständlichen deutschen Philosophen. Er kommt mir vor wie das Gerüst, mit dem man früher Papier schöpfte. Aber das Papier bildet sich nicht. (Später erfuhr ich, der Vater hatte eine Papierfabrik.) Sie schrieb auch für die *Vogue,* sagte die Mutter, um die abstoßende Wirkung der töchterlichen Gelehrsamkeit zu mildern, und das Gespräch wandte sich wieder der Politik und den Skandalen um Tiberi, dem *maire* von Paris, und seiner Frau zu. Bevor ich mir darüber klarwerden konnte, ob ich Equilibre in die Schublade jung, begabt und nichts geworden stecken würde, fragte sie mich wiederholt, wie spät es sei. Auf die Frage ihres Vaters, was sie noch vorhabe an diesem Abend, sagte sie, eigentlich müsse sie jetzt an der Hand eines Bräutigams vierzig Kirchenstufen herabsteigen. Ihre Selbstmörderfreunde drehten gerade einen Videoclip, *Die junge Vermählte steigt die Treppe herab,* und eigentlich müsse die junge Vermählte nackt herabsteigen. Nach Duchamp. Aber der Clip sehe vor, daß Braut und Bräutigam Hand in Hand und mit Brautkleid bekleidet, einen endlosen Schleier hinter sich herziehend, die endlose Treppe herabstiegen, hinter sich nur die Fassade der Kirche, steil über ihnen in die Höhe ragend, und den leeren Himmel. Sie habe aber beschlossen, daß der Bräutigam allein die Treppe herabsteige, die

Hand wie zum Tanz auf die Hand eines Phantoms gelegt, das unsichtbar den Schleier hinter sich herschleppe.

Beinahe hätte ich Equilibre nach jenem Abend wieder vergessen. Doch dann rief sie mich an und fragte, ob sie mich in der Redaktion besuchen dürfe. Um der Sache gleich den Anschein von *Junge Autorin sucht Redakteur auf* zu nehmen, lud ich sie zu mir nach Hause. Wir verabredeten einen Tag zwei Wochen später. Und wie die Trennungen eine fast ebenso wichtige Rolle spielen in der Liebe wie das Zusammensein, so konnte ich, der ich sie fast vergessen hätte, es am Ende kaum erwarten, sie bei mir zu sehen. Jener kleine Aufschub von zwei Wochen hatten meine unmerklich entstandenen Gefühle bereits so gesteigert, daß ich glaubte, keine Sekunde länger auf sie warten zu können. Auch später führten solche kurzen Abwesenheiten jedes Mal zu einer Steigerung meiner Gefühle – ich betone, ich war kein Koch, der sie je nach Bedarf schärfer würzte. Manipulationen halte ich mit Liebe für unvereinbar.

Doch nun diese lange Abwesenheit, die so lang dauert, daß sie weder Abwesenheit noch Trennung ist, sondern weg für immer. Alle Zweifel, alle Versuche, über eine Rückkehr nachzudenken, liegen hinter mir.

Ich weiß nicht, ob ich überrascht oder enttäuscht war, als ich Equilibre wiedersah. Ich hatte sie klein in Erinnerung, zierlich, mit schmalen hellen Augen und straff zurückgekämmten, über den Rücken fallenden Haaren. Nun sah ich, daß sie eher groß war und ihre Haare von rötlichem Blond. Sie waren nicht zurückgekämmt und fielen offen über die Schultern, und später, als sie nackt im

Zimmer stand, nahm sie einen Moment die Haltung der Venus auf dem Bild von Botticelli ein, die in der Muschel übers Meer kommt, ihre Haare fielen in einem S-förmigen Bogen über Schulter und Bauch, eine Hand lag unter dem Busen, die andere verdeckte mit einer Strähne langen Haares ihren Schoß, und einer der Füße berührte tänzerisch, nur mit den Zehenspitzen, den Boden. Ich glaube, daß in jenem Moment der Gedanke an einen Hortus conclusus entstand, in dem die weibliche Figur das Christliche und das Heidnische aufeinandergepflanzt trug, das Motiv der Virgo auf dem der Venus. Equilibre war ebenso anmutig wie jene Venus von Botticelli, ein weiblicher Luftgeist, mädchenhaft, nicht mütterlich und voluptiös. Der Liebesgöttin mangelt es an üppiger Weiblichkeit, der Jungfrau an Mutterschaft. Equilibre wollte keine Kinder und ging in der Verweigerung der Mutterschaft so weit zu behaupten, sie selbst habe keine Mutter, ihre Mutter sei eine hohe, geschlossene Pappel. Sie behauptete aber auch, sie habe keinen Vater, ihr Vater sei ein Springbrunnen. Ich gab ihr zwei Pappeln, je eine zu ihrer Rechten und Linken, und zwei Springbrunnen, einen für jeden Arm, einen für jedes Bein, oder umgekehrt. Denn der Kopf gehörte ohnehin mir allein.

Ich erinnerte mich, daß sie mir erzählt hatte an jenem Abend in Neuilly, sie habe seit Jahren Klavierunterricht bekommen, aber zu mehr als bis zu den Goldberg-Variationen von Bach und einigen Stücken von Satie habe sie es nicht gebracht. Ihre Interpretation sei nicht schlecht, ihr Klavierlehrer lobe ihren trockenen, klaren Stil, aber die Technik langweile sie, deshalb wiederhole sie lieber, was sie technisch beherrsche, als daß sie kompliziertes Neues lerne. Sie habe es bei ihrem strengen Lehrer auch nur deshalb so lange ausgehalten, weil er einen wunderbaren Garten habe. Er sei nicht sehr freundlich und fordere von ihr die Anstrengung einer zukünftigen Absolventin des Konservatoriums, und sie wisse, daß ihre Mutter auch diesen Ehrgeiz habe. Aber Mütter können nie zwischen talentierter Begabung und genialem Talent unterscheiden. Der Lehrer wohne an der Gare Saint-Lazare in einer kleinen stillen Seitenstraße, die gerade noch zum 9. Arrondissement gehöre. Ein paar Stufen im Eingang führten zu seiner Wohnung im *rez-de-chaussée.* Das große Zimmer, in dem der Flügel stand, sei wie alle Parterre-Wohnungen ziemlich dunkel. Aber nicht das Künstlerzimmer mit all den Teppichen, Photographien und Porträtdrucken von großen Pianisten sei das Interessante. Zwei große Flügeltüren aus Glas gingen auf einen kleinen, von hohen Mauern umgebenen Garten. Er sei immer leer, denn die Frau des Klavierlehrers saß im Rollstuhl und war zu schwach, um sich die paar Stufen in den Garten hinuntertragen zu lassen. Um ein großes Rasenstück in der Mitte gruppierten sich zwei, drei alte Bäume und ein paar Rhododendronbüsche. Nirgends eine Bank, nur ein verlorener Küchenstuhl habe ab und zu mit einem aufgeschlagenen Buch im Schatten eines Baumes gestanden. Der stille Garten, von der Sonne beschienen, die am späten Nachmittag gerade noch auf den Rasen fiel, habe ein unbekanntes Glücksgefühl in ihr ausgelöst, das sonnenbeschienene Grün, die Stille, die nur ein paar Vögel unterbrachen, die im Laub raschelten.

Ich habe mich nie eingehend mit Gärten beschäftigt. Ich habe nie daran gedacht, daß das Konzept eines Gartens auch das Konzept einer Liebe sein könne. Es gibt Paare, die ihr Leben nach einem gemeinsamen Konzept verbringen: Rücken an Rücken schreiben sie ihre Bücher, Seite an Seite spielen sie auf der Bühne. Aber plötzlich fiel mir mit der Erzählung von jenem stillen Garten der Plan eines Lebens mit Equilibre ein, ohne daß sie je finden sollte, was sie mir anvertraut hatte. Weder sie noch ich sind religiös oder besonders kontemplativ. Aber wenn Liebe, nach ihrem deutschen Lehrer, nicht nur ein Gefühl ist, sondern ein symbolischer Code, der zur Bildung von Gefühl führt, dann war unser Code das uralte Motiv des Gartens. Und der geheime Garten in der Nähe der Gare Saint-Lazare machte mir klar, daß das Konzept unseres Gartens wie jede wirkliche Liebe auf Geheimhaltung beruhen sollte. Nur Schwätzer tragen die Geheimnisse ihrer Liebe zu Freunden und bis in die Therapien. Anders als ein Regisseur, der zugleich Mitspieler ist, wollte ich Equilibre das Konzept ihres Gartens nicht vollständig aufdecken, und tatsächlich erinnerte sie sich nie mehr, daß sie mir mit der Beschreibung dieses kleinen Stadtgartens einen Schlüssel zu ihrem Glück gegeben hatte. Das zeigt vielleicht die Rolle der Wünsche in der Liebe, die – heftig oder unbewußt – vom anderen erraten sein wollen. Daß ich es ihr nie verriet, hieß, daß ich meine Einsamkeit nie ganz verließ – *ich spreche mich nie aus* ist gegen die Zeit und die Partnerschaft gerichtet. Ohne es vielleicht zu wollen, bin ich eher Equilibres Liebesarchitekt geworden als ihr Mann.

Denn daß man die Wünsche des anderen verfehlt, gerade wenn man sie erraten hat, gehört zu der Lektion, die Equilibre mir am Ende erteilen sollte. Am Ende unterstellte mir Equilibre, ich selbst sei es, der sie soweit bringen wolle, daß sie sich von mir trenne. Ich sei wie ein Regisseur, der sie behalten wolle, weil er mit ihr ein Stück aufführe. Aber das Ende des Stücks sei die Trennung.

Als wir heirateten, hatte sie solche Ideen natürlich noch nicht. Wir heirateten heimlich, wir verschwanden von der Bildfläche und vertrösteten ihre Familie mit der Aussicht auf einen großen Empfang in unserem neuen Haus nach unserer Rückkehr. Wir machten eine Reise, die ganze Atlantikküste entlang, es war außerhalb der Saison, und wir stiegen möglichst in kleinen Hotels mit Blick auf das wilde Meer ab. Equilibre schwamm überall, ließ sich von meterhohen Wellen tragen oder ruhte in flachen Buchten bei Windstille auf dem Wasser aus. Wenn sie aus dem Meer kam, löste sie ihr Haar, und feuchte Tropfen sprangen um ihren Körper. Wenn sie nicht schwamm, gingen wir spazieren, sie erzählte mir ihr Leben und pflückte Wiesensträuße dabei, die nach einem halben Tag im Hotelzimmer verwelkten.

Ich fing an, ihre Energie zu bewundern, die Mischung aus Hingabe und Zurückhaltung, die Mischung aus Selbstreflexion und Engagement, aus Ekstase und Ironie, die sich in ihren Worten zeigte. Ich glaubte, daß nur Idioten eifersüchtig sein können auf die Vergangenheit ihrer Geliebten. Ich war nicht eifersüchtig, weder auf die Abenteuer in ihrer Schulzeit noch auf die Erlebnisse während ihrer Ferien, ob sie sie in Museen von Venedig geführt hatten oder in das baufällige Haus einer Tante in Burgund. Ich war nicht eifersüchtig auf Limonaden, die sie mit wer weiß wem getrunken hatte, nicht auf die Maiglöckchen, die sie in den Wäldern von Rambouillet gepflückt hatte. Ihre sexuellen Erfahrungen in den Dachstuben oder auf den Autositzen ihrer Schulfreunde erzählte sie mir wie eine kleine Führerin, die mit dem Finger zeigt: Sieh, so ist es!

Equilibre kam in all diesen Wochen nie in die Versuchung, mir zu sagen, all das sei ohne Bedeutung für uns. Sie nahm alles wichtig, was sie mir zeigte im Erzählen, ob es der abgebrochene Henkel ihrer Lieblingstasse war oder der Name des Färbemittels, mit dem sie die gleiche Haarfarbe erzielen wollte wie die eines Freundes. Es gibt Liebhaber, sagte sie, die wollen Vergangenes löschen und es in einem schwarzen Loch verschwinden lassen. Und sie lobte mein aufmerksames Zuhören. Der eine will alles löschen, sagte sie, und der andere beteuert, all dies sei Lüge, all dies habe nichts zu bedeuten. Dies, sagte sie, ist eine der klassischen Trivialitäten, an denen die Liebe scheitert.

Spätestens hier begann bei mir der Wunsch, ihr ihre Aufrichtigkeit zu nehmen. Ich, der ich ihr Vertrauen genoß, wollte plötzlich, daß sie log. Daß sie anerkannte, daß Unaufrichtigkeit ein notwendiges Übel jeder Leidenschaft sei. Ich wollte ihre Leidenschaft. Und gerade weil ich das Theater um die Unschuld und die erste Liebe nie ernstgenommen hatte, den Mythos von der ersten und einzigen Liebe, wollte ich plötzlich in Equilibre das Gefühl erzeugen, ich sei der einzige und erste. Es war absurd, ich wollte eine Unschuld in Equilibre konstruieren, die weniger mit Liebe als mit Leidenschaft zu tun hat. Das heißt, ich wollte sie durch unsere Beziehung nicht zu einem Moment der Wahrheit hinführen, nicht zu der Erkenntnis ihrer selbst, sondern zum Taumel der Hingabe.

Wir kamen zurück, und Equilibre bekam ihren Empfang. Die Leute gingen durchs Haus mit den frisch gestrichenen Wänden; sie betrachteten unsere noch spärlichen Möbel und guckten aus allen Fenstern. Sie trampelten in unserem Garten herum, standen mit Champagnergläsern um das Becken und stellten hilflose und spöttische Fragen über die Wahl von Mirabellen und Rosen. Natürlich fanden sie den Garten zuwenig einladend, zuwenig kommunikativ. Nachdem sie den Rasen zertrampelt hatten, flüchteten sie sich auf die Terrasse und setzten sich auf das Geländer. Stühle gab es nur für Anciennitäten der Familie. Daß unser Haus nicht für viele Menschen eingerichtet war, daß es nicht einmal ein Kinderzimmer hatte, war offensichtlich. Im Salon standen ein Kanapee und drei Sessel, im angrenzenden Zimmer gab es vier Stühle. Auf der Terrasse waren zwei Liegestühle aufgeklappt, und da es an jenem Tag nicht regnete, konnte man sie auch benutzen, ebenso wie die vier Stühle um den Eisentisch. Die Gäste waren lustig. Sie fanden alles komisch und neckten uns mit dem provisorischen Zustand unseres Haushalts.

Wo sind die Dinge, wem gehören die Dinge, zu wem gehören die Dinge? Zum Raum der Liebenden oder zum Raum der Gesellschaft?

Die Gäste gingen, und ich schloß die Tür hinter ihnen und dachte, das sei erledigt. Dann kamen die Geschenke, Vasen und eine Lampe fürs Badezimmer und selbst eine gestickte Decke für den Gartentisch. Das meiste davon verschwand auf dem Speicher.

Ohne daß wir je darüber gesprochen hätten, war es für uns beide klar, daß wir ausschließlich in diesem Haus leben wollten. Ich hatte meine Arbeit als Redakteur aufgegeben, und Equilibre beherrschte genügend Fremdsprachen (und das Klavierspiel), als daß sie zur Vollendung ihrer Erziehung noch etwas hätte tun müssen. Auch das Gästeempfangen hatte sie von Kind an gelernt. Ich verlangte nicht, daß sie einen Beruf erlernte, ich verlangte nicht, daß sie ihre Vorlesungen systematisch verfolgte, obwohl mir bewußt war, daß uns diese Unselbständigkeit in ein paar Jahren zur Gefahr werden könnte. Es war nicht der Wunsch eines alternden Mannes, mit dieser für heutige Verhältnisse großzügigen Freiheit für Equilibre zu bemänteln, daß ich sie bis zum Ende meines Lebens für mich haben wollte. Meine Freunde hätten gesagt, auf dem Hals haben wollte. Natürlich habe ich mich manchmal gefragt, ob die Befreiung von sozialen Pflichten wirklich Freiheit für Equilibre war. Aber ich dachte, auch wenn man mir als dem Älteren die Verantwortung zuschöbe, daß Equilibre die Verantwortung allein tragen könne. Und sie schien so glücklich über ihr freies Leben, und sie zitierte so spöttisch Phrasen aus der feministischen Moderne, die von Selbstverwirklichung der Frau sprachen, daß ich glaubte, ihre Zufriedenheit sei ein besseres Zeichen als die Unzufriedenheit der meisten selbständigen Frauen. Denn im Grunde hatte ich Equilibre vor dem Bann der Seichtheit bewahren wollen, in die der soziale Alltag auch Geschöpfe wie sie nur zu leicht zieht.

Dann sah ich aus dem Fenster, es war spät am Morgen, und ich sah Equilibre zum ersten Mal auf der Bank sitzen, am anderen Ende des Gartens. Sie tat nichts, sie saß dort in einem leichten Sommerrock, sie saß und betrachtete gedankenverloren den Garten. Ich hatte geglaubt, sie säße noch am Frühstückstisch auf der Terrasse, und war in mein Zimmer gegangen, um ein Buch zu holen. Und da sah ich sie, zufällig dorthingesetzt, zufällig, als habe sie sich noch nicht dort niedergelassen und probiere eine neue Situation aus. Ich weiß nicht, ob die Einsamkeit zwischen Liebenden heute größer ist als zu früheren Zeiten. Es gibt sicher eine Menge Leute, die das behaupten und den Grund dafür darin sehen, daß in der Massengesellschaft der einzelne anonym bleibt, um so mehr als die Traditionen der Familie wegfallen. Ich glaube nicht an diesen Grund, aber ich weiß auch keinen. Vielleicht war ich ihr nie näher als in jenem Augenblick. Und nie einsamer. Natürlich kann man die Einsamkeit mit Dialogen füllen, mit Balkonszenen, mit Gartenszenen, und all das repetierte nur, daß die Rückkehr ins Paradies verschlossen ist. Ich glaube auch an kein Paradies, weder in der Zukunft noch in der Vergangenheit. Für mich gab es keine rückwärtsgewandte Utopie. Denn das Sprechen, die Dialoge im Paradiesgarten fingen erst an, als der Apfel vom Baum der Erkenntnis verzehrt war, und nicht mit der Empfindung des paradiesischen Selbst.

Dann flog ein Vogel in ein Mirabellenbäumchen, Equilibre, aufgestört durch das Geraschel, sah auf, sah mich im Fenster und winkte mir zu.

II.
Equilibre

– Aber es ist wahr.

– Sei still, sei still.

– Aber es ist wahr.

– Ich will es nicht hören, ich kann es nicht hören.

– Wovor hast du Angst?

– Ich habe keine Angst. Ich will nicht, daß man es ausspricht.

– Wovor hast du Angst?

– Ich will nicht, daß man darüber redet. Ich will nicht, daß man alles zerredet.

– Also glaubst du es doch?

– Ich glaube es, und ich glaube es nicht.

– Du weißt, es ist wahr.

– Aber ich habe Angst. Wenn man es ausspricht.

– Wenn man es ausspricht?

– Es könnte zerstört werden.

– Du hast keine Angst, daß es wahr werden könnte?

– Sei still, sei still. Du hast es versprochen.

– Du willst es nicht glauben.

– Aber ich glaube dir ja.

– Warum willst du dann nicht, daß ich es sage.

– Ich habe Angst vor dem Reden, und ich glaube es nicht.

– Aber es ist wahr.

– Was ist wahr?

– Es ist für immer.

– Für immer.

– Für immer.

– Für immer, forever, pour toujours, für immer, für immer.

– Es ist gesagt.

– Für immer und ewig.

– Oh, die Ewigkeit!

– Hättest du nur nichts gesagt.

– Wovor hast du Angst?

– Ich habe keine Angst. Ich will dir glauben.

– Es ist nur für immer.

– Und immer ist immer nur heute.

– Heute und morgen und alle Tage danach.

– Und heute?

– Heute und immer.

– Wie schön, daß es heute ist.

– Und morgen –

– Sei still, ich will es nicht hören.

Equilibre haßte Liebeserklärungen. Sie bezeichnete sich selbst ab und zu als Sophistin, als Haarspalterin, und sagte, sie könne die großen Phrasen nicht ertragen, wenn die kleinen Versprechungen niemals gehalten würden. Menschen, sagte sie weise und kam sich uralt vor, sind nicht gemacht für große Versprechen. Es ist unmenschlich, von Menschen zu verlangen, daß sie sich an ihre Worte halten. Skeptisch, wie sie war, und vernünftig glaubte sie an den Moment der Liebe. Auch, daß der Moment verpflichtet. Aber sie wollte den Augenblick nicht verpflichten, kein für immer, keine Ewigkeit. Ich versuchte, ihr zu erklären, daß sie vielleicht duldsamer würde, wenn sie richtig liebte.

Aber ich liebe dich ja, wiederholte sie, oder liebe ich dich etwa nicht?

Ich begnügte mich mit kurzen Sätzen. Wer liebt, der spricht, der muß sprechen, der muß Worte sagen, wie mein geliebter Plattfisch oder mein türkisblauer Engel. Wer liebt, hat viele Worte.

Zu viele, meinte sie. Und wir saßen im Garten und hatten diese kleinen Gartenszenen, wie andere Paare Dialoge auf Balkonen haben zur Mitternacht, und bei uns war es heller Tag. Meine kleine Sophistin, sagte ich und hörte zu, wie sie mir die Liebe sezierte. Eine Liebeserklärung, sagte sie, mag wahr gesprochen sein, aber gleichzeitig wissen beide, daß sie sie nicht für wahr halten können. Sie saß auf der Bank, die ich für sie bestimmt hatte; ich hatte mir einen Stuhl von der Terrasse geholt und setzte mich ihr gegenüber, um sie besser ansehen zu können, als wenn ich mich neben sie gesetzt hätte. Jeder Anspruch trennt den Sprechenden von dem, was er sagt, variierte sie ihren Philosophen. Wir schwiegen. Der Wind saß still in den Pappeln, und ich freute mich, daß sie mir Stichworte gab für meine Beweisführung: Die Unschuld ist verloren beim ersten Wort, das unter Verliebten gesprochen wird. Und jeder Versuch, auf die Wahrheit der Worte zu pochen, führt zu einer Lüge, die nicht den Charme der Erfindung hat. Es gibt einen Fanatismus unter Verliebten, der klagt und den anderen der Unaufrichtigkeit bezichtigt. Nichts stimmt, klagte Equilibre. Unsere Herzen sind Krüppel, Mißbildungen. Sie sind künstlich aufgeblasen, wie Korrumpierte, auch wenn die Liebe wahr ist.

Ich schenkte ihr einen Hund. Es war ein kleiner, weißer Windhund mit leicht gebogener Kruppe und streichholzzarten Pfoten. Die Augen im spitzen Gesicht blickten melancholisch unter aufgerichteten Ohren, und er zuckte bei jedem Geräusch zusammen. Er war ängstlich und scheu, und das war meine Rettung. Denn ich hatte nicht bedacht, daß ein Hund ausgeführt werden will und daß Equilibre täglich weite Spaziergänge mit ihm unternehmen müßte. Ich glaube, nach den Regeln der Windhundzüchter müssen sie auf die Rennbahn, sie müssen Hasenfelle jagen und nach Stoppuhren gemessen werden. Aber er setzte kaum eine Pfote aus dem Haus und war froh, wenn er an seiner kurzen Leine bleiben konnte und eine Viertelstunde an den Ufern der Marne spazierengeführt wurde, natürlich an stillen Vormittagen, wenn nur die Reflexe der Sonne und die Schattenspiele der Blätter auf dem Sandweg ihn erschrecken konnten und nicht die Räder von Kinderwagen oder von lärmenden Skateboards.

So hatte ich denn mein Bild hergestellt. Auf dem Bild war Frühling, zarter Frühling, kein später, das Laub war völlig da, aber es saß noch wie ein durchsichtiger Schleier auf den Bäumen, und die Büsche trieben helle Spitzen. Equilibre saß auf der Bank, auf der schon jetzt vom späten Vormittag bis zum Abend die schwache Sonne lag. Ihr schneeweißer und kaum behaarter Hund mit dem weichen, breiten Band aus dunkelrotem Leder saß neben ihr, die Pfoten ausgestreckt, die im Garten nicht viel zu schaufeln hatten. Seine Knochen und Bälle ließ er nach wenigen Minuten des Spiels schon liegen, und ich glaube, er sah dem Strahl der Springbrunnen zu und hörte auf Equilibres Stimme, die ihm kleine Sätze hinwarf, wie Brocken, die er nicht einmal schnappen mußte. Oft täuschte ich eine kleine Arbeit, eine komplizierte Suche nach einer Lektüre oder ein Telephongespräch im Innern des Hauses vor, um das Bild der beiden im sanften Sonnenlicht besser betrachten zu können.

Aber Equilibre hatte keine zögernden Posen, die im Schritt anhielten und abwechselnd in der Luft verharrten, und sie schreckte nicht einmal dann vor Sonnenreflexen zurück, als sie sich am weitesten von der Außenwelt zurückgezogen hatte. Ich hatte es einigen wenigen Freunden vorbehalten, uns in langen Abständen zu besuchen. Aber nachdem ich alles Überflüssige abgeschafft hatte, hatte ich nicht mit der Tyrannei der Zufallsbekanntschaften gerechnet. Equilibre, nicht im geringsten ein Snob, brachte mir die verrücktesten Exemplare aus der Nachbarschaft ins Haus und zeigte mir stolz ihre Beute, wie eine Katze ihre Vögel und Mäuse dem Herrn.

Da war eine Nachbarin, eine Frau in ihren späten fünfziger Jahren, die täglich auf dem Weg an der Marne anzutreffen war. Sie trug aschblond gefärbte Haare und jene damenhaft aus der Stirn gekämmte Frisur, die zu Nachmittagskostümen und Bridgespielen gepaßt hätte. Aber sie trug schwarze Rollkragenpullover zu engen Hosen und führte nicht nur einen aprikosenfarbenen Pudel mit sich, sondern auch einen kleinen Kinderwagen, in dem einer ihrer zahlreichen Enkel saß. Ihr jugendlicher Aufzug mochte täuschen, sie ging völlig und seit Jahrzehnten in der Aufzucht von Kindern und Enkeln auf. Ununterbrochen hatte sie das Haus voll von Schützlingen. Mittwochs kochte sie für die Schüler unter ihnen, und sonntags veranstaltete sie große Mittagessen, auf deren Umfang sie stolz war. Siebzehn Personen, sagte sie, und das war nur der kleinste Kreis.

Zu Anfang wunderte ich mich, wo Equilibre so lange blieb, denn eine Viertelstunde hin und eine Viertelstunde zurück für Primaveras, des Hündchens Ausgang, war längst überschritten. Es war die Nachbarin, die am Ende der Straße wohnte und sie aufhielt. Wenn sie kein Kind bei sich führte, hatte sie die Tasche voll Photos von Kindern in allen Stadien der Entwicklung, in den Ferien beim Schwimmen, mit dem Schulranzen und selbst beim Schlafen. Ich habe mich oft gefragt, ob es Equilibre nicht große Überwindung kostete, mit der Verkörperung des Familienoptimismus auf einer Bank zu sitzen, auf der Marne die Boote mit jungen Paaren zu sehen und ein Familienphoto präsentiert zu bekommen, auf dem mindestens siebzehn Personen, Söhne und Töchter, Schwiegersöhne und Schwiegertöchter, Enkelinnen und Enkel, kleine Babys mit rosa Häubchen im Schutzmantel des einen Großelternpaares, zu sehen waren. Nein, mit anderen Lebensformen konfrontiert zu werden machte Equilibre nichts aus: Ihre gesellige Neugier wie ihre gesellige Gleichgültigkeit schützten sie. Eine Weile erzählte sie mir, jene Nachbarin sei eine begeisterte Proust-Leserin und kenne viele Stellen der *Recherche* auswendig, nicht nur über den Weißdorn, sondern allgemein über Blumen. Sie hätte ein Landhaus in der Normandie und fahre jedes Jahr zur Apfelblüte hin, um den Kindern beizubringen, keinen Tag in ihrem zukünftigen Leben zu verpassen, der ihnen solche Schönheit böte. Es ist Aufgabe der Großeltern, sagte Equilibre mit ernster Stirn, den Kindern durch solche Erlebnisse einen Fundus an Erinnerungen zu schaffen. Sie sagte es ernst, sie meinte es ernst, solche Erinnerungen später zu haben sei wichtig.

Es dauerte nicht lange, und die erste Einladung drohte. Ich schob es eine Weile hinaus, aber dann war es unvermeidbar, mit Equilibres neuen Bekanntschaften einen langen französischen Abend zu verbringen, mit Hors d'œuvres und Salaten, einem Lammragout, Käse und Torte, mit verschiedenen Weinen und Cognacs und Kaffee. Wenn ich sage französisch, meine ich, daß die berühmte Form der Gastlichkeit sich unvermeidbar nach einem vorgeschriebenen Ritual in die Länge zieht. Vor Mitternacht ist an kein Ende zu denken, denn der gute Gastgeber entläßt seine Gäste, mit denen er am Tisch über Politik und Familie diskutiert hat, nicht vor dem Kaffee, und der wird meist nicht am Tisch getrunken, um die Sache zu verkürzen, sondern auf dem Sofa im Salon, und spätestens da wußten sie dann, daß kein Kind der Grund unserer Ehe war, sondern daß wir ein seltsames Paar waren, das vorgab, oft auf Reisen zu sein.

Die nächste war eine verrückte Psychiaterin, die in einer Nebenstraße wohnte und sich, auch an Tagen, wenn sie in ihrem *cabinet* vermutet wurde, mehr mit dem beschäftigte, was vor ihrem Haus auf der Straße vor sich ging, als mit der Kunst von Schizophrenen, ihrem Kritzelwahn und dem Horror vacui angesichts eines leeren Blattes, die ihr Spezialgebiet waren. An stürmischen Tagen, wenn der Wind die Wellen der Marne hochschlagen ließ, suchte Equilibre oft Schutz in den stillen und geschützten Nebenstraßen, um Primavera auszuführen. Schon das zweite Mal war es passiert, daß sich das Hündchen ausgerechnet vor dem Haus der Psychiaterin und ausgerechnet auf dem Bürgersteig niederließ, um eine winzige windhündchenhafte Pfütze zu hinterlassen. Dies zweite Mal kam die Psychiaterin aus dem Haus gestürzt, und es half alles nichts, nicht daß sie das Hündchen nicht mehr habe in den Rinnstein ziehen können, nicht daß es nicht mehr vorkommen solle. Nicht daß die Pfütze schließlich kaum sichtbar sei und nicht daß man unter Nachbarn keine Feindschaften wolle wegen einer Bagatelle. Bagatelle, Bagatelle, schrie die Psychiaterin. Ich verbiete Ihnen, in Zukunft über meinen Bürgersteig zu gehen. Nehmen Sie die andere Seite oder die Fahrbahn. Equilibre kam aufgelöst und den Tränen nahe nach Hause. Sie hat den Pißkontrollzwang, sagte sie, und am Schluß hat sie mir angedroht, wenn das noch einmal passiere, würde sie meinen Hund vergiften.

Primavera wurde nicht vergiftet, aber Equilibre mied jenen Bürgersteig, obwohl die Psychiaterin, wenn sie uns auf der Straße begegnete, spöttisch und überschwenglich grüßte, als hätte sie die ganze Szene vergessen. Überspannt, sagte eine neue Freundin zu Equilibre, die besteht aus Amnesien, das ist bekannt, vielleicht säuft sie. Die neue Freundin kam aus einem der schrecklichen Hochhäuser mit billigen Betonbalkonen, die unseren Horizont bildeten. Sie kam an die Marne, um ihren eigenen Hund auszuführen, einen Greyhound, der ohne Leine herumlief und Primavera bei jedem seiner größeren Bögen zusammenschrecken ließ. Sie war Ende Zwanzig, so dünn wie ihr Hund, trug kleine Stiefel mit Absätzen, eine üppige Boa aus Wollfäden wie in einer Bohème-Oper und über einem blassen Gesicht die Haare zu wilden Strähnen hoch aufgetürmt. Sie ist Malerin, sagte Equilibre stolz, als hoffte sie, dieser Titel würde Gnade vor meinen Augen finden. Die Malerin war sehr apart, und ich gab ihr den Titel *Die Engländerin,* wegen ihres länglichen Gesichts und der Lederjacke, die sie auch an frostigen Wintertagen trug. Engländerinnen haben selbst an windigen Tagen oft keine Strümpfe an. Aber sie gab Equilibre ihre Visitenkarte, eine Doppelkarte, und auf der Vorderseite war ein Ausschnitt aus einem der Gemälde zu sehen, die sie in Paris in einer Galerie in der Rue des Abbesses ausgestellt hatte. Die Bilder waren für eine so zarte Frau gigantisch, in schreienden Farben, in mexikanischen Farben, in Rot, Orange und Gelb, und ihre Figuren waren monumental wie die von Botero, sie füllten das ganze Bild aus, es gab keinen Hintergrund, meist flach und en face waren sie vielleicht Ausdruck der *Neuen Starken Frau.*

Das war das Ende ihrer Beziehung, auch wenn Equilibre sie zunächst in ihren Garten einlud. Die Hunde könnten dort frei laufen und spielen, und man könne ein Glas zusammen trinken. Die Malerin setzte nur zögerlich und scheinbar nicht im geringsten begierig, neue Freunde und vielleicht Käufer ihrer Bilder zu finden, ihren Fuß in unser Haus. Ich hatte befürchtet, daß sie einen Schwanz von jungen Künstlern aus der Vorstadt im Schlepptau habe, aus denen nie etwas würde, die trotzdem mit ihren epigonalen Werken ihr Auskommen fänden, die unsere Weine trinken und Equilibres Gutmütigkeit ausnützen würden. Die wenigen Male, da ein Treffen der jungen Frauen stattfand, saß Primavera ängstlich unter der Steinbank und beobachtete die riesigen Sprünge und Bögen, die der wilde Greyhound durch den Garten zog. Die Malerin war vorsichtig, erzählte kaum etwas aus ihrem Leben, von den Bedingungen, unter denen sie ihr Leben finanzierte, sie war mißtrauisch wie eine kommunistische Genossin, die im Haus eines Bourgeois in einem Petit four eine Handgranate vermutet.

Eines Tages wirst du mich langweilig finden, sagte Equilibre ungefähr ein Jahr nach unserer Hochzeit. Ich habe dir nichts zu bieten, keinen interessanten jungen Pianisten, keinen bedeutenden Kulturattaché, keine berühmte Philosophin, die unser Gast sein könnte. Eines Tages wirst du meine Gesellschaft langweilig finden, wir haben meine Familie, in der immerhin ein Kardinal vorkommt, gemeinsam aus unserem Haus verbannt und auch die jungen Freunde, die ich noch aus der Schule oder aus meinen ersten Semestern an der Universität kannte.

Da bot sie mir einen Gendarmen. Sie hatte die Unvorsichtigkeit begangen, gelegentlich auf der Gendarmerie nach einem kleinen Text mit Verwaltungsvorschriften zu fragen, nach denen die Sauberkeit in den Straßen der Vorstadt zu regeln wäre. Nach einigen Wochen erhielt sie ein dickes Kompendium von der Mairie, ein Kompendium, in dem sie nichts Konkretes fand, ein Sammelsurium von

Blättern mit Auszügen aus älteren und neueren Vorschriften, die gleichzeitig Geltung zu haben schienen. Dazu Aufrufe an die Bürger, selbst mit für Sauberkeit zu sorgen, keine Abfälle auf der Straße zu lassen und den Müll nur in festverschnürten Säcken am Straßenrand zu deponieren. Equilibre hatte nur wissen wollen, ob eine kleine Hundepfütze verwaltungsrechtlich mit Bußgeld belegt war. Jener Gendarm, der ihr aufs Geratewohl die Auskunft gegeben hatte, das komme aufs Quartier an, in Ivry-sur-Seine sei es um die Hälfte billiger als in Neuilly, war Equilibres neueste Errungenschaft. Es dauerte nicht lange, da kam er selbst mit einem neuen Schriftstück und brachte es Equilibre, und natürlich lud sie ihn wieder auf ein Glas auf unsere Terrasse. Und natürlich verschmähte er auch im Dienst ein kleines Gläschen nicht. Und natürlich brüstete sich Equilibre, er wäre ein halber Rechtsgelehrter. Sie zeigte ihn mir nicht vor, weil ich gesagt hatte, sie könne ihre Schuster nie bei ihren Leisten lassen, immer stecke in einer verkrachten Malerin eine Frida Kahlo und in einem Polizisten ein großer Verwaltungsrechtler. Wenigstens schien er sich nicht politisch zu engagieren, so daß ich keinen zukünftigen Innenminister erwarten mußte, und wenigstens verbrachte er die meiste Zeit auf seinem Posten und bekam keinen Streit mit Equilibre, wenn sie über die Behandlung von Demonstranten durch die Polizei mit ihm redete.

Sie half seiner Tochter ein paar Mal vor den Abschlußprüfungen in Englisch. Der Vater haßte England und die Engländer. Er schwor, nie einen Fuß auf britisches Territorium zu setzen. Er verbot seiner Tochter einen Trip nach

London mit ihrem Freund und war im übrigen ein Anhänger Napoleons, dessen Biographie er ausführlich studiert hatte. Er lud uns als Revanche zu einem üppigen Sonntagsmahl mit Coq au Vin und Tarte aux Prunes ein. Er war der Koch einer fünfköpfigen Familie, und die Gastlichkeit begann mit einem riesigen Tablett von kleinen Vorspeisen, so daß wir, bevor wir uns an den Tisch setzten, bereits nichts mehr essen konnten. Wenn man denkt, daß der Überfluß früher ein Privileg der Könige war, die ihre Gäste durch ihren Reichtum beeindrucken wollten, so haben sich die Verhältnisse drastisch geändert. Bei eleganten Einladungen gibt es immer eine Spur zuwenig, und nur in der Gendarmen-Kaserne sättigt man seinen Gast mit kleinen Würstchen und Canapés aus Foie Gras und Mandarinen schon vor dem Essen. Die Wohnung des Gendarmen lag im zehnten Stock eines Wohnblocks, der für die Gendarmerie reserviert war und zum Gelände der Kaserne gehörte. Aus dem Fenster des Salons sah man auf eine Route Nationale, dahinter auf einen trostlosen leeren Fußballplatz und dahinter auf einen Horizont von Wohnhochhäusern. Der Gendarm erwies sich als hervorragender Koch und als Kenner südfranzösischer Rotweine und unterhielt uns, seine schüchterne Frau und seine vorwitzigen Töchter fünf Stunden mit Anekdoten aus seinem Berufsleben. Equilibre unterhielt sich so prächtig, daß ihr vor Lachen die Tränen kamen, sie fiel dem Gendarmen zum Abschied um den Hals, wankte selig und voll der Weine, die ihr reichlich nachgeschüttet worden waren, an meinem Arm nach Hause und behauptete, sie habe sich lange nicht so gut amüsiert. Bei ihren Tanten in Neuilly tränken die Frauen nicht mehr als die maßvollen zwei, drei Gläser, und schon gar nichts mehr nach dem Essen. Zum Glück hatte der Gendarm am Wochenende häufig Schichtdienst.

Ein wenig gab mir die Geschichte mit dem Gendarmen doch zu denken. Und als ich ein paar Tage später darüber nachdachte, machte ich ein schlechtgelauntes Gesicht, Equilibre, die mir am Tisch gegenübersaß, sagte, ich sähe wieder aus wie der südamerikanische Großgrundbesitzer, der seiner Maultierfrau aus einer Karaffe ein abgemessenes Glas Wein und Schweigen zuteile. Ich kann mir jetzt besser vorstellen, wie leicht du früher Freunde aus einem anderen Milieu gefunden hast, sagte ich und war schon zu weit gegangen. Equilibre fühlte sich angegriffen und verteidigte sich, in der Tat habe sie wenig Wahl gehabt. Entweder die Typen, die auf Internaten erzogen werden und in offenen Sportwagen zu den Vorlesungen fahren, oder die Typen, die sich auf keine Kompromisse einlassen und in den Sommerferien ihre Motorräder vor den Fabriken von Renault und Citroën parken und dort ihr Gehalt verdienen. Ich erinnere mich an meine Fahrten auf dem Rücksitz eines Motorrads, sagte sie, ich erinnere mich, daß wir uns langweilten und mit hoher Geschwindigkeit durch die Felder meiner Großeltern in der Bretagne rasten, ich erinnere mich an Weizen und Gerste, die meine Beine peitschten, und an die stickigen Verstecke in den Treibhäusern aus Kunststoff, in denen die Tomaten reiften und in denen alles anfing. Ich erinnere mich an die mitleidigen Blicke mancher Mädchen, die die Bälle in ihrem Tennis- oder Golfclub vorzogen, und an die Rosensträuße, die ihnen mitgebracht wurden. Ich war nie ein Revoluzzer, ich liebe Rosen und ich liebe auch das Tanzen, aber für den ewig neuen Aufguß der jungen Liebe als Religionsersatz, der bei ihnen viel besser gelingt als auf dem Rücksitz der Motorrad-Halbproleten, hatte ich nur Hohn übrig. Du mußt dir vorstellen, sagte sie, eine Klasse von siebzehnjährigen Mädchen, die wie ihre Großmütter in den Pausen auf den Toiletten über nichts anderes reden als über die Boys, die sie hatten, haben oder haben wollen. Das ganze Gerede, dazu die stundenlangen Telephongespräche werden mit reichlich Tränen begossen, und wenn sie, einmal aus dem Himmelbettchen ihres elterlichen Zuhauses gefallen, auf dem Rücksitz eines coolen Motorradfahrers landen, dann kommen sie sich wer weiß wie heroisch vor, beten den Despotismus ihrer Macker an und rennen bei der ersten Abtreibung zur älteren Schwester oder befreundeten Tante, um von Frau zu Frau das Leiden der Frauen zu besprechen. Ich weiß nicht, was diese Mädchen, die nach dem Abitur Krankenschwestern oder Lehrerinnen werden, dazu treibt, in ihrem jungen Leben nach einem heiligen Hieronymus oder St. Jerôme zu suchen, den sie auf ein Altärchen stellen und mit Blümchen bekränzen wollen. Um sie nach kürzester Zeit und bei der ersten Gelegenheit von ihrem Sockel herunterzuholen und auf das kleinkarierte Maß ihrer Bedürfnisse zurechtzuschneiden. Es heißt, die Männer hätten die Frauen zu Heiligen erhoben und zu banalen Alltagsmüttern herabgezogen. Aber die Mädchen, die ich kannte, machten es genauso. Sie verbrachten Stunden um Stunden in Diskotheken, um Scheinorgien und frenetische Rituale des

Tanzens und Vergessens aufzuführen. Am nächsten Morgen war dann nur noch die Rede von dem, was sie brauchen. Das Brauchen gilt als Grundlage der Liebe. Das Bedürfnis – und nicht das Begehren. Damals habe ich mir vorgenommen, den Titel Mademoiselle zu behalten, nicht um eine wirkliche Unschuld in einem wirklichen Garten der Unbefleckten Empfängnis zu werden. Unterdrückte Begierden brüten Pestilenz, sagt Blake, aber selbst wenn ich fünfmal heiraten sollte, ich mache aus der Liebe keine Bedürfnisbefriedigungsanstalt.

Nach diesem Vortrag versuchte ich, das Thema ihrer Zufallsbekanntschaften zu vermeiden und kaufte ihr einen zweiten Ehering, damit sie nicht alle fünf- oder sechsmal heiraten müsse. Sie trug ihn abwechselnd allein oder mit dem anderen.

Die Krise kam lautlos, und sie dauerte fast ein halbes Jahr. Oft war Equilibre plötzlich verschwunden. Ich wußte, sie war in der Nähe, aber ich sah sie nirgends. Zunächst war ich versucht zu glauben, daß sie ein Spiel mit mir triebe, daß sie wollte, daß ich sie suche. Einmal kam ich am Badezimmer vorbei, es war Nachmittag, und ich hatte Equilibre, über einem Buch eingeschlafen, in einem Liegestuhl auf der Terrasse zurückgelassen. Die Tür stand auf, sie stand nackt vor dem Spiegel und weinte, die Hände aufs Waschbecken gestützt, als müsse sie sich übergeben, sie nahm einen Lippenstift und schrieb in großen Buchstaben an den Spiegel *Love*... Sie sagte mehrmals leise vor sich hin forever, forever und drehte sich um, ging zur Wanne und drehte den Hahn auf. Ihre Brustwarzen waren rot bemalt, und sie redete mit der Stimme eines verrückten Vogels oder einer alten Frau vor sich hin: Bei Frauen, die im Wasser liegen, ist er nicht aufgelegt. Sie setzte sich auf den Rand der Wanne, das Wasser stieg, sie zündete sich einen Zigarillo an und ließ die Asche ins Wasser fallen. Dann stieg sie hinein. Don't cry, Baby, sagte sie. Tomorrow is another day. Als ich eine halbe Stunde später wiederkam, lag sie im kalten Wasser und war eingeschlafen. Ich weckte sie vorsichtig, und sie sagte, there never will be another day. Siehst du die footsteps auf den Kacheln? Ich zog sie aus der Wanne, wickelte sie in ein großes Tuch, sie zitterte vor Kälte und vor Angst, und ich tat so, als wenn ich die Tausenden von Fußspuren sähe, die sich über Boden und Wände zogen.

Ich nannte es ihre verrückten Zustände. Mehr war es auch nicht. Nicht mehr, als daß sie plötzlich, drei Wochen später, beim Abendessen zu mir sagte, sieh, die Schraubverschlüsse auf den Pfefferstreuern, sie sitzen schräg. Sehen Sie die Löcher in diesen Schraubverschlüssen, aus ihnen kommt die Bedrohung. Auf dem Tisch stand eine kleine Pfeffermühle, aber wir hatten, für den Fall, daß mehrere Personen am Tisch saßen, kleine Pfeffer- und Salzstreuer aus Glas mit versilberten Schraubdeckeln, die zum Streuen durchlöchert waren. Diese kleinen Gefäße wurden in der Kommode aufbewahrt.

Sie stützte ihren Kopf in die Hand und dachte lange nach. Draußen war es schon dunkel geworden, und ich hatte zwei Kerzen angezündet, die immer auf dem Tisch standen. Gitter, sagte sie, Gitter vor dem Fenster und brennende Weiße, ein Tag von unerträglicher Hitze. Gitter vor dem Fenster und unerträgliche Weiße und eine Lampe, die leuchtet, als geschähe ein Mord an diesem Mittag. Es war, wie gesagt, Abend. Die Fenster im Eßzimmer wie im angrenzenden Salon sind Sprossenfenster, die wie Flügeltüren bis auf den Boden gehen. Es waren keine Gitter da, und die Fenster standen offen an diesem Abend.

Wieder fand ich sie in der Badewanne, am hellen Tage, und wieder redete sie vor sich hin. Sie starrte den Spiegel an, über dem eine zweiarmige vergoldete Lampe angebracht war, mit zwei Kugeln aus mattem Milchglas. Unter dieser Lampe ist eine Schnecke, sagte sie, eine Hakenschnecke, die sich ins Gesicht bohrt, wenn man in den Spiegel guckt. Sie sitzt in der Wand wie die eigene Nase, denn anstelle des Spiegels hängt ein Haken über dem Waschbecken, und meine Nase steckt im Spiegel anstelle des Hakens in der Wand. Hakenschnecke, unter der Lampe, und Haken und Schnecken fallen zu Boden, bedecken die Kacheln und sitzen im Abfalleimer neben dem Klo. – Es kam eine lange Pause. Und dann mit höhnischer, resignierter Stimme: Und eine Zugschnur, neben dem Fenster für das Rollo, eine Zugschnur, mit der das ganze trostlose Elend aufgezogen wird, zieh das Rollo hoch, reiß das Fenster auf, und von draußen hörst du Musik, du hörst Klaviertakte und Rauschen in den Wasserrohren und Rauschen in den Bäumen und Stimmen von netten Männern, die im Garten stehen und rauchen und sich unterhalten, Jazz, Klaviertöne, Synkopen wie Beeren in Lindenbäumen, Noten und Pausen, Tam-tam-tam, tatatata.

Dann fand ich sie im Bett. Es war lange nach Mitternacht. Ich hatte noch gelesen. Die Tür zu ihrem Zimmer stand auf. Im Zimmer war es dunkel, aber vom Gang fiel Licht hinein. Sie hatte sich eng in die Decken gewickelt, sie schien zu schlafen, aber ihre Augen waren noch offen. Ich zog ihr die Decke noch höher über die Schultern, und als hätte sie die ganze Zeit mit mir geredet, fuhr sie fort: Nicht wahr, die Wecker mit Leuchtziffern leuchten im Dunkeln grün, aber ich glaube, es gibt auch Zeiger, die leuchten, und es gibt nicht nur grüne, sondern auch blaue und rote. Welche Farbe hat die Verlassenheit? Sie seufzte wie ein Kind, das gerade erfahren hat, daß es morgen regnen wird und daß der Ausflug am nächsten Tag abgesagt ist. Es gibt eine Verlassenheit, sagte sie, die leuchtet auf keiner Uhr mehr, nicht Leuchtziffer, nicht Zeiger, nicht Zifferblatt, nichts ist mehr zu sehen, wenn es dunkel ist. Ist der Wecker kaputt? Ist die Uhr kaputt? Nicht blau, nicht grün, und keiner weiß, welche Farbe die Verlassenheit hat. Wenn keiner die Farbe kennt, hört dann die Verlassenheit auf? Wie bei einer Uhr, die stillsteht. Aber die Verlassenheit ist da, und vielleicht ist sie doppelt da, weil kein Zeiger sie mehr anzeigt und weil sie nirgends mehr leuchtet im Dunkeln. Sie kicherte, sie sprach weiter vor sich hin. I didn't know what time it was. What time is loneliness. Dann streckte sie plötzlich hellwach die Hand nach mir aus, und ich schlug vor, ein Glas warme Milch zu bringen. Mit Honig. Sie verzog das Gesicht. Aber du weißt doch, ich mag keine Milch, keine warme Milch, keine süße.

Ich dachte, daß es weiter nicht schlimm sei, wenn sie diese verrückten Zustände hatte. Denn am Tag war sie normal, wie man so sagt. Wenn Madame Tourmel Ausgang hatte, kochte sie selbst kleine Poulets Basquais oder Lammkoteletts oder machte im Sommer, wenn es heiß war und wir draußen aßen, einen Thunfischsalat mit einer Kapernvinaigrette. Ich sage das, weil für mich die Verrücktheit der Frauen beim Kochen anfängt und weil ich die Legende einer Tante kannte, die ein Perlhuhn ungerupft und mit allen Federn in den Ofen gesteckt hatte. Als sie eingeliefert war, brachte sie es fertig, sich der Überwachung der Pflegerin zu entziehen und in einem Flur, der ein Fenster ohne Gitter hatte, aus dem Fenster zu springen. Diese Legende wurde bei uns unter Tränen und Gelächter erzählt, wenn an Feiertagen die riesigen Servietten hervorgeholt wurden, die meine Eltern von ihr geerbt hatten. Ihr Monogramm starrte riesengroß aus der Ecke des Stoffes. Sie hieß Marthe, jene Tante, und mein Vater gönnte sich ab und zu den bescheidenen Witz, das Gleichnis von Martha und Maria aus der Bibel zu zitieren: Martha, die bei Jesus Besuch in der Küche verschwand, um ein Mahl zu bereiten, und Maria, die sich ihm zu Füßen setzte, um ihm zu lauschen. Die Auserwählte war nach Jesu Wort die ihm lauschte, nicht die, die ihre Zeit einem profanen Mahl widmete. Credo quia absurdum est, sagte mein Vater, die Serviette auseinanderfaltend, auch der Fleiß der Banalen schützt nicht vor Erleuchtungen. Und ich glaube, ich wußte schon als Junge, welch tiefe Angst mein Vater vor dem Wahn der Frauen hatte, und ich erinnere mich, daß er öfter sagte, wenn eine Verrücktheit in der Gesellschaft die Runde machte und wenn es eine Frau war, die ihr Silbergeschirr aus dem Fenster geworfen hatte oder mit einem Maler durchgebrannt war: Sieh dir die Mutter an. Wer sich die Mutter gründlich genug angesehen hat, weiß genug über die Tochter.

Ich hatte mir Equilibres Mutter nicht gründlich angesehen, ich hatte nichts Aufsehenerregendes gehört, und ich glaubte im Grunde nicht an diese nicht zu tötende These von der Mutter in der Tochter, und ich glaubte auch nicht, daß es etwas Ernsthaftes sei bei Equilibre. Aber ich glaube, ohne es zu wissen, wartete ich auf etwas, wenn ich Equilibres seltsamen Sätzen zuhörte, und dieses Etwas war nicht eine Erklärung für eine Art von Unglück, das über sie hereingebrochen war. Ich glaube, ich wartete, daß sich eine verborgene Anziehung zeige, die Tod und Grausamkeit auf sie ausübten. Ich wartete ängstlich und voll Ungewißheit auf die Offenbarung, daß ich nicht die sanfte Equilibre geheiratet hatte, sondern eine *belle dame sans merci,* in deren schönen Mundwinkeln sich Grausamkeit und Lust am Tod zeigten wie kleine Schlängelchen. Nichts kräuselte ihren Mund, keine Fältchen, keine Schlangenlinien. Was ich befürchtet hatte, blieb verborgen oder existierte nicht. Ich gewann meine Sicherheit wieder und dachte, daß Equilibre, auch wenn sie litt, nicht zu den Frauen gehörte, die ihre Identität durch Leiden gewinnen. Sie würde niemals eine masochistische Befriedigung darin finden, anderen das melodramatische Schauspiel einer Betrogenen oder Verlassenen zu geben. Sieh, wie ich leide, die Demonstration, mit der viele Frauen ihr Unglück durch ein Räderwerk von Gerede und Exhibition treiben, war nicht ihr Fall. Hatte sie je gelitten? Ihre Kindheit schien harmlos und ohne große Verwundungen verlaufen zu sein, und von einer tragischen jungen Liebe wußte ich nichts. Aber gibt es nicht genug Frauen, die glauben, daß Leiden veredelt und nobilitiert? Wenn sich auch keine Möglichkeit mehr bietet, sich wie im 19. Jahrhundert mit schwarzen Schleiern und Bittgängen in die Kirche Respekt und Schonung zu verschaffen und wenn auch die Leidenden und Opfer ein wenig aus der Mode gekommen zu sein scheinen, kennt doch jeder, der sich in eine abgebrühte junge Frau verliebt hat, die Selbstmorderpressungen, die unvermeidbaren Klagen und Drohungen, die tränenerstickte Stimme am Telephon. Doch eine E-Mail zeigt keine verwischten Tränen wie die mit Tinte geschriebenen Briefe von früher. Aber es bleiben anstelle von Laudanum und Äther genügend andere Betäubungs- und Schlafmittel, und als Equilibre sich ein harmloses Schlafmittel von unserem Hausarzt verschreiben ließ, dachte ich einen Moment, ob dies das schwache Zeichen einer so oft sich erst später bei Frauen zeigenden Hysterie war. Wir führten ein gesundes Leben, doch auch wenn wir im Sommer oft bis tief in die Nacht draußen saßen, soffen wir nicht wie die Löcher und schlugen uns die Nächte nicht mit Whisky und Cognac um die Ohren. Wir aßen gut, aber nicht schwer, wir schliefen ausreichend, waren genügend an der frischen Luft und litten nicht nur nicht unter dem Streß eines Berufs, sondern nicht einmal unter dem Streß des Pariser Verkehrs. Niemals hatte Equilibre eine überfüllte Métro nehmen müssen, um irgendwohin zu gelangen. Sie hatte für mich noch immer das Gleichgewicht ihres Namens, und ich glaubte, ihre tiefsten Kümmernisse beschränkten sich darauf, daß eine Rose nicht aufblühen wollte, ein Kartoffelpüree nicht gelang oder der Hund sich ein Steinchen in die Pfote getreten hatte. Man wird sagen, daß ich, wie alle Männer, die Sensibilität der Frauen verdränge, wenn ich behaupte, Equilibre litt nur an der Oberfläche. Aber dann fand ich sie wie bewußtlos, und sie hatte eine Barbitursäurevergiftung. Wenn sie ein paar Tage später auch wieder die Treppe hinuntersprang und Dalidas Lied *Paroles, paroles* parodierte, indem sie eine Pause machte und erst auf der Schwelle zum Garten summte, *et que des mots,* konnte ich die Frage nicht verdrängen, ob Equilibre nicht eine lautlose Form des Selbstmords ausprobiert hatte.

Forever, für immer. Wir hatten manchmal über den Selbstmord geredet. Sie hatte mir erzählt, daß einer ihrer Motorradboys einen Unfall gehabt hatte, einen tödlichen Unfall, und zwar so, daß ein Selbstmord dahinter vermutet wurde. Sie hatte gesagt, sie könne *verstehen,* daß man aus dem Nichts heraus gegen eine Wand rase oder in einen Fluß spränge. Wir hatten uns, wie gesagt, nicht geeinigt, ob man Worte beim Wort nehmen müsse. Und ich wußte, daß bei Equilibre *verstehen* Verstehen hieß und nicht Sich-selbst-Erklären: Ich hatte widersprochen, ich hatte gesagt, Selbstmord aus dem Nichts, Selbstmord ohne Grund gebe es nicht, auch wenn man oft den Abgrund nicht verstünde, der zwischen einem Unglück und einem Selbstmord unsichtbar blieb.

Ich weiß, daß der offiziellen Moral nach Selbstmord als moralische Feigheit gilt. Dennoch muß auch diese Moral anerkennen, daß es so etwas wie Stoizismus gibt, wenn ein Mensch nicht über sein Unglück redet und ins Restaurant *Voltaire* geht, ein leichtes Déjeuner mit fünf Gängen zu sich nimmt und sich anschließend eine Kugel in den Kopf schießt. Natürlich wissen wir alle, daß ein Mensch in seinem Unglück allein ist und daß auch der, der darüber redet und der nicht stoisch ist, damit allein bleibt. Ich beschloß, daß Equilibre nicht hysterisch war. Aber daß es möglich war, daß sie sich einen Selbstmordversuch geleistet hatte als pathetische Form der Verausgabung, für nichts und wieder nichts: Das sind die Selbstmörder aus Liebe.

Wie soll man es jemandem begreiflich machen, daß eine Frau so unglücklich aus Liebe ist, auch wenn sie nicht Anna Karenina, Werther oder Emma Bovary ist? Das heißt, die nicht daran leidet, daß der Geliebte eine andere vorzieht, daß der Geliebte sie nicht mehr liebt, daß die Gesellschaft ihre Liebe unmöglich macht. Equilibre bezeichnete sich gern als Sophistin, was nicht ernstgemeint war. Aber sie betrieb das Uhrwerk der Liebe so minutiös, daß sie unter ihrer Haarspalterei nun zu leiden hatte. Wie viele nachdenkliche Menschen rieb sie sich schmerzhaft an der Utopie eines wahren Lebens. Diese Utopie steckte, in der Metaphorik unseres Gartens gesprochen, in ihr wie ein Rosendorn, der kleine Tropfen Gift in ihr Herz träufelte. Dagegen schmeckten ihr die Mirabellen, die mundgerechten kleinen runden Früchte, paradiesisch wie die Reflexionen, die sie anstellte, die nicht vom Gefühl des Mangels inspiriert wurden, sondern das Fehlende relativierten. Sie kannte die Anfälle von: Das wahre Leben ist das unmögliche Leben, das wahre Leben ist abwesend. Aber dann sagte sie, das Leben ist das reale Leben, das wahre Leben ist das wirkliche, das wahre Leben ist das, das da ist, das wahre Leben, das sind meine Mirabellen und der Sessel, in dem Soudain sitzt. So hatte sie den Fehler vermieden, ihre Sehnsucht nach einem anderen Leben mit der Sehnsucht nach einem anderen Mann zu verbinden. Kein Religionsersatz durch einen Halbgott. Manchmal hatte sie – mit einer Stimme, die wie auf Zehenspitzen über eine marivauxsche Bühne zu gehen schien – einige Stücke vorgelesen aus den Kapiteln über Mathilde de La Mole aus Stendhals *Rouge et Noir.* Diese junge Aristokratin hatte ihre Sehnsucht nach einem anderen Leben historisch begründet und sich dem 16. Jahrhundert zugewandt, in dem ein heroischer Geist herrschte, der der banalen Gegenwart fehlte. (Julien Sorel übrigens, der am Ende geköpfte Geliebte, bewahrte die größere zärtliche Anhänglichkeit an die bürgerliche Innigkeit der Madame de Rênal.) Equilibre war kaum älter als das Fräulein de La Mole, aber ich glaube, sie sehnte sich nicht für ihren Geliebten nach dem Tod als Zeichen des Mutes. Ein anderes Leben? Nein, ihre Traurigkeit kam von dem anderen Teil jener unerreichbaren Utopie, sie kam von der Unerreichbarkeit eines anderen. Ihr geheimes Ziel war, so vermutete ich, in das Zentrum der Einsamkeit eines anderen zu gelangen, in das Zentrum meiner Einsamkeit, und so bewegten wir uns in einem Zirkel, denn ich hatte sie in das Zentrum eines Gartens gesetzt, den ich nur für sie entworfen hatte.

Was also war das Unmögliche? Das Begehren? Das Kennen? Oder das Verstehen?

Geht man davon aus, daß es unmöglich ist, einen anderen vollständig zu kennen, schon allein deshalb, weil man sich selbst nie vollständig kennen kann, so kann man behaupten, die Tragödie der menschlichen Existenz liege eben in der Unmöglichkeit der Erkenntnis des anderen und seiner selbst. Aber die Liebe öffnet doch immer diesen verschlossenen Horizont und erreicht eine Nähe, die, auf das ganze Leben gesehen, selten ist. Ich habe schon gesagt, daß Equilibre und ich in der Sexualität ein so ähnliches Temperament hatten, daß wir wie Schlafende übereinander herfielen. Aber das Begehren erstreckt sich nicht nur auf die Umschlingung des Körpers und umgekehrt: Auch wenn die körperliche Lust keine tiefere Erkenntnis des anderen garantiert, so schafft sie doch eine Basis an Vertrautheit und Zärtlichkeit. Und doch: Wie viele Paare, die eine Nacht miteinander verbrachten oder auch mehrere, gehen auseinander, ohne eine Ahnung voneinander zu haben.

Wenn also die Kenntnis des anderen ungenügend bleibt, gibt es doch solch blinde Momente eines vollkommenen, wechselseitigen Verständnisses, die wir gewöhnlich Glück nennen. Equilibre hat mir einen solchen Moment erzählt: Es war eine Szene aus Woody Allens Film *Stardust Memories*. Es ist Sonntagmorgen. Das Paar, Charlotte Rampling und Woody Allen, hat einen Brunch mit vielen Freunden und mit viel Palaver hinter sich gebracht. Die Tür hinter ihnen ist zu, das Gequatsche ist zu Ende, das zusammengeräumte Geschirr stapelt sich in der Küche, und sie ruhen sich aus. Charlotte Rampling liegt auf dem Bauch auf dem Boden, Woody Allen sitzt auf einem Sofa. Stille. Plötzlich blicken beide auf und sehen sich quer durch den Raum, quer über die Entfernung hinweg, die sie trennt, an. Dies ist ein lautloser Moment vollkommenen Glücks, dieser kurze Augenblick, in dem sie sich ansehen.

Nun glaube ich, daß Equilibre mich verstand. Weitgehend, daß ich sie verstand, weitgehend. Aber ob wir uns verstanden? Da lag vielleicht der Grund für Equilibres leise Unruhe. Denn dieses wechselseitige Verstehen setzt auch ein Element des Zufalls voraus, das man mit keiner mathematischen Gleichung berechnen kann. Natürlich blieben wir – auch das ist ein Ladenhüter – einander Unbekannte, wie andere auch. Natürlich gab es kleine Szenen mit dem kleinen Vorwurf: Du verstehst mich nicht, du kennst mich nicht. Und natürlich war der Anlaß, daß sie plötzlich verschwand, ein Mißverständnis. Ich mochte es nicht, wenn sie sich in einer gewissen – und, wie ich fand, ihrer mädchenhaften Anmut entgegengesetzten – Weise brutal schminkte. Lippenstift und Rouge und Lidschatten waren dunkelviolett, fast wie bei einem Punk. Ich hatte wieder einmal diese Verwandlung, die selten genug vorkam und sicher nur eine Lust an der Verwandlung war, als Rückfall in ihre Motorradfreundschaften bezeichnet. Sie verschwand für ein paar Tage. Als sie wiederkam, erzählte sie mir, sie sei ans Meer gefahren, um dort nachzudenken. Sie hatte keinem Menschen etwas von unserem Streit gesagt. Sie sagte bei ihrer Rückkehr, das müsse sich ändern. Sie liebe es, sich zuweilen in einen Phantasievogel zu verwandeln. Anders als in der klassischen Liebesschule, in der die Verwandlung den erotischen Reiz erhöht, wollte ich sie immer so behalten, wie sie in meinen Augen war. Ich hatte geglaubt, ich hätte ihr kein größeres Kompliment machen können, als daß meine kleine Verkörperung des Pläsiers keine raffinierten Tricks brauche, mein Begehren anzustacheln. Aber sie tat es eben für sich und nicht für mich. (In diesem Punkt waren wir nicht aufeinander bezogen wie die Seiten eines gleichschenkligen Dreiecks auf einer gemeinsamen Basis.) Ich hatte Angst, ihr Verschwinden könne sich wiederholen, und fertigte eine Liste an, um ihr die Unbeschreibbarkeit ihrer Person vorzuführen von einem, der alle Details an ihr kannte, in der Hoffnung, das ganze Theater würde in einem Gelächter enden.

– Zwei Füßchen, zierlich wie von einer Aphrodite, die Zehen sind gerade, von feinster Perfektibilität, und der einzige kleine Defekt ist ein kleines Loch im Abstand zwischen großem und zweitem Zeh. Leichtfüßig schweben sie dahin, ohne den Boden zu betreten, noch zu verlassen.

– Zwei Fußgelenke, zerbrechlich und würdig, die goldenen Reifen eines König Salomon zu tragen. O prächtig gefesselte Fesseln.

– Zwei Waden, so anmutig geformt wie bei einem knabenhaften Bogenschützen. Hier geht keine Diana zur Jagd.

– Zwei Knie, so zart mit Höhlen von Pfirsichhaut, daß sie den reichsten Päderasten des Orients dazu nötigen, sie mit Gold aufzuwiegen.

– Zwei lange schmale Schenkel, die sich in jedem Spiegelkabinett der Haute Couture ins Unzählige verdoppeln lassen.

– Ein Venushügel, so klein und schimmernd wie eine geheime Bucht in einer unentdeckten Ägäis. Vielleicht versteckt sich eine Nausikaa dort in der Bucht, um den schwimmenden Fremdling in der silbernen Flüssigkeit ihrer Morgende zu empfangen (keine raffgierige Falle, die über dem Reisenden zuschnappt).

– Zwei Pohälften, köstlich wie kleine Granatäpfel.

– Alle drei Grazien zusammen können das Ausmaß ihrer Leichtigkeit nicht erreichen.

– Der Rücken wie ein Violinflügel gedoppelt, ein Stimmkörper von unbekanntem Klangvolumen.

– Ein Bauch, mit dem schneeigen Flaum von gerade geborenen Einhörnern.

– Zwei Brüste wie kleine Turteltauben, die eine Himbeere im Schnabel tragen.

– Zwei Schlüsselbeine, die direkt in die Mulde einer Himmelswiese münden.

– Zwei Arme, die sich wie Weidenzweige um einen Baum der Freiheit schlingen.

– Zwei Hände, die wie zwei kleine Quellen zu Boden rieseln.

– Ein Hälschen, das, eine zerbrechliche Säule, noch einen Kopf trägt.

– Ein Gesicht wie eine schlafende Psyche, die unter einem Olivenbaum liegt.

– Die Haare hoch auf dem Kopf aufgetürmt wie eine Garbe von Blitzen.

Nun kennst du mich wohl, sagte Equilibre, und ich dachte, du zeichnest jetzt mein Porträt.

Ihr Porträt hätte ich anfertigen können, sogar in Balzacscher Manier. Doch was hätte das genützt? Zu sagen, sie sei eigenwillig, stolz, freundlich und höflich, recht intelligent, doch mehr auf dem Gebiet der Psychologie als auf dem der Abstraktion. Was hätte es genützt zu sagen, sie sei empfindlich wie eine gelbe Mimose oder erröte leicht vor Empörung wie eine blasse Rose im Morgengrauen. Was genützt, sie trage gerne topfartige Strohhüte oder alte Gemmen mit Tiermotiven?

Als sie weg war, träumte ich von der leeren Bank im Garten und von der leeren Mauer dahinter. Auf der Mauer vermischten sich Schriftzeichen wie von Kinderhand, mit weißer Kreide auf die roten Steine geschrieben. *Plus jamais* und dazwischen gekritzelt *forever.* Als ich aufwachte, ging mir ein Chanson durch den Kopf, von einem Zug und von seinem Pfeifen und von einer Frau, die fortging *sans un adieu. Plus jamais,* dachte ich, höre ich dein Pfeifen, wenn du die Treppe hinabspringst. *Plus jamais j'entends siffler le train,* meine kleine Lokomotive.

Nun hörte ich wieder ihr Pfeifen, nun war sie da und wollte den Garten umkrempeln. Umkrempeln gehört zu den dynamischen Ausdrücken, in denen sich manche zerstörerische Wahrheit versteckt. Die Wahrheit war, daß sie meinen Entwurf zerstören wollte, das war meine Wahrheit, und ihre Wahrheit war, daß sie ihr eigener Gartenarchitekt werden wollte. Einige Monate verbrachte sie damit, in ein dickes Buch mit weißen Blättern Skizzen zu zeichnen und Notizen festzuhalten.

Sie wollte das Wasser in den Becken abstellen und sie mit Glassplittern ausfüllen und aufschütten zu großen

Kuben, in denen die Sonnenreflexe ein mörderisches Spiel trieben.

Sie sagte, im Grunde seien Natur und Naturgefühl, so nah an der Route Périphérique nur verspäteter Kitsch. Sie wollte den Rasen ersetzen durch Teerplatten und die kleinen Alleen mit Rosenstöcken und Mirabellenbäumchen austauschen gegen sprechende Stelen, Stelen aus Metall, in deren Innern Tonbänder installiert wären. Die Tonbänder sollten den Autolärm der Stadtautobahn abspielen und ein Stimmengewirr aus Verkehrsnachrichten.

Dann wieder wollte sie den Garten völlig entleeren und auf einer Betonfläche in alle vier Ecken Pyramiden setzen lassen, aufgeschüttet aus Schrott und Nägeln und rostigen Maschinenteilen. In die Mitte wollte sie einen Obelisken setzen, eine Spirale, die aus Sitzen alter Autos montiert wäre.

Muß ich noch sagen, daß sie den Garten in eine Bühne für moderne Kunst verwandeln wollte? Sie hatte die Ansicht, daß die meisten Gartenarchitekten nur dekorativen Kunstgenuß fabrizierten. In besseren Kreisen wurde dieser Genuß kultiviert als Kennerschaft, die zum Beispiel unter ein kubistisches Stilleben mit weißen Tulpen eine Vase mit weißen Tulpen stellte.

Ich schöpfte ein wenig Hoffnung nach einer Weile. Immer noch hatte sie in ihrem Zimmer einen kleinen Katalog von David Hockney liegen. Sie sagte mir oft, er liege ihr nicht, nicht die Phase mit dem infantilen Gekritzel in allen Farben, nicht die eisgekühlten Bestandsaufnahmen kalifornischen Glücks mit Swimmingpool und fruchtigen Drinks. Aber die Zeichnungen mochte sie, und der Umschlag des Katalogs zeigte zwei Ansichten eines französischen Gartens, durch grenzenlose Leere ein wenig ins Phantastische verfremdet. Da war der Rahmen eines Fensters und ein filigranes Pariser Balkongitter, das den Standort des Betrachters festlegte. Und dahinter ein sich in die Ferne erstreckender Garten mit Rasen, Wegen, beschnittenen Buchsbäumen, in strenger Form geschnittenen Alleen und Springbrunnen. Dieses Bild der Leere und einer anmutigen Ordnung, die nicht die militärischen Regeln einer Diktatur ausdrückte, liebte sie. Sie mochte mir predigen, daß das Naturgefühl überholt sei, daß niemand über die Grenze zurückkönne, seitdem Natur und Mensch getrennt wären. Sie mochte mir nahelegen, daß es unter Niveau sei, diese Trennung naiv zu verschleiern und sich an Brombeersträuchern und Löwenzahn wie in einem Schrebergarten für Kleinbürger zu erfreuen. Man könne den Bruch, unter dem heute zu leben man gezwungen sei, nur zeigen, indem man den eigenen Garten in einen Schrotthaufen verwandle. Warum nicht gleich Abfall?

Weil auch Schrott und Abfall nicht mehr naiv rezipiert würden.

Und das war ihre Revolte.

Ich bekam eine Atempause gegönnt, denn sie fing an, Galerien und Ausstellungen abzuklappern, um sich anregen zu lassen, wie sie sagte, und sie ging auch an Tagen, an denen Pariser Künstler in den Quartiers ihre Ateliers für Besucher öffneten, direkt in die Werkstätten, um nach Objekten zu suchen. Ich zog sie ein wenig auf und fragte, ob sie nicht auf dem besten Weg sei, genauso zu werden wie jene müßiggängerischen Frauen, deren Briefe sie am Anfang so mißtrauisch beäugt hatte. Ich kenne eine, sagte ich, die berühmt dafür ist, daß sie ihre Abendeinladungen in Kunstdarstellungen verwandelt und die Tische, an denen man sitzt, in Installationen mit Drähten und Schrauben und Glühbirnen. Ich kenne eine zweite und dritte und viele ähnliche, die sich auf die Kunst werfen, wie früher die Frauen aufs Aquarellieren oder ihren Stickrahmen. Aber ich war vorsichtig, denn die Atempause, die mir Equilibres Ausflüge in die Ateliers verschafften, ließ meine Hoffnung wachsen, daß sie sich am Ende nur *verwirklichen* wollte, indem sie mit Künstlern herumsaß und sich mit Objekten wie mit Pfauenfedern schmückte. Eine Weile hatte sie zwar vage Ideen, sich mit Leuten zu umgeben, die neue künstlerische Fahrpläne ausheckten und beredeten. Früher nannte man das Avantgarde. Aber ich merkte rechtzeitig, daß sie nicht genügend Drive hatte, um sich so zu verwirklichen, um sich überhaupt zu verwirklichen. Vielleicht hatte ich am Ende Glück, und sie war sich schon wirklich genug. Wirklich genug, um in meinem Garten zu bleiben wie ein Bild. Romantisch und rebellisch, wie sie auch war, hatte es ihr lange genug gefallen, in dem ummauerten Garten den ausgesperrten Ort zu sehen, der in der Gesellschaft so unmöglich ist wie die Liebe selbst, wenn man sie als Begehren nach etwas Unbekanntem versteht.

Ich gab nach und ließ mich von Equilibre auf Vernissagen schleppen, weil ich sah, daß sie sich bald bei den Künstlern und Galeristen zu langweilen anfing. Ich glaube, sie wollte ihnen das Geheimnis ihrer Arbeit entreißen und fand sich bei einem Glas Punsch einem Künstler gegenüber, der schweigsam und mißtrauisch auf ihre neugierigen Fragen reagierte. Die Rede war nur von Ausstellungen, von Verpackung und Transport, aufgelockert durch Anekdoten der Improvisation. All diese Gespräche konnte man zusammenfassen unter dem Titel: Der Widerspruch von Notwendigkeit und Improvisation. Stundenlang stand man sich die Beine in den Leib bei der Demonstration eines Künstlers, der Sand siebte und diesen Prozeß erläuterte, als handle es sich um eines der sieben Welträtsel. Dann wieder gab es eine Anekdote, zum Beispiel die über den Streit zweier Künstler anläßlich eines Wettbewerbs unter dem Titel *Das amerikanische Frühstück*. Der eine hatte in einem öffentlichen Gebäude einen meterhohen Eierbecher montiert aus Zink. Er hatte ein Kunststoffei hineingesetzt und das Ganze vor laufender Kamera als sterilen Alptraum erklärt, amerikanisches Frühstück sei gerade die Unmöglichkeit, etwas zu essen. Der andere hatte einen Haufen kunststoffarbiger Joghurts aufeinandergetürmt wie Kinder, die ihre Sandeimer umstülpen zu Backformen. Der Joghurt-Künstler hatte den ersten Preis gewonnen, und der Eierbecher-Monumentalist hatte den größeren Käufer gefunden. Beide Künstler und ihre Anhänger stritten darum, wer der größere Epigone sei, und Equilibre sagte mir auf dem Nachhauseweg: Nein, sie wolle unseren Garten nicht zum Frühstückstablett machen.

Am Ende kaufte Equilibre eine fast zwei Meter hohe Skulptur von einem jungen Künstler aus der Bourgogne mit dem Namen Ferry, die vollständig aus präpariertem Eisen war und aussah wie ein Gerippe aus Rost. Mit einigem guten Willen war ein fast blätterloser Baum mit dürren Ästen zu erkennen, der Stamm war eine magere Säule, an dem sich nur nach einer Seite hin in der Höhe die Äste ausstreckten. An gutgelaunten Tagen sagte ich ihr, sie habe eine überlange Figur von Giacometti gekauft, der man statt zweier fünfzehn Arme angehängt hätte. An bessergelaunten sagte ich, sie hätte gleich einen verrosteten Tinguely kaufen sollen, dann bewegten sich die Zweige in einem knirschenden, automatischen Rhythmus. Und an allerbesten Tagen gestand ich dem Gebilde zu, es stamme direkt aus der Schule von César, er habe diese verrosteten Skelette erst recht in Mode gebracht, seitdem eine Ausstellung über sein Gesamtwerk im Jeu de Paume kurz vor seinem Tode zu sehen war. Aber sie machen keine Natur nach, sagte Equilibre, das gerade ist das Kunststück, daß so ein Baum nicht zur Dekoration wird.

Er war häßlich genug und erfüllte alle Anforderungen zeitgenössischer Kunst. Equilibre plazierte ihn in die rechte Ecke des Gartens. Es träfe sich gut, daß er nur nach einer Seite hin Äste hätte, sie behauptete, die ein wenig gewählten Äste wären das eiserne Pendant zu der Weide in der linken Ecke. Die Stele mit dem Köpfchen plazierte sie in der rechten Mirabellenallee direkt an der Mauer. Sie war so entzückt über ihren Kauf, daß er ihr nie langweilig wurde und sie nie die Freude daran verlor. Sie gab ihre Pläne auf, den Garten zu ändern, denn nun hatte sie, was sie wollte, den Bruch mit der Natur in der Gegenwart, und das blieb ihre Revolte, eine rostige und fast kahle Weide.

Wenn aber alles Unbehagen der Seele sich einem Mangel verdankt – eine These, glaube ich, die von John Locke stammt und die ich nur zur Hälfte teile, da ich glaube, daß sich die Unruhe genauso dem Überfluß wie dem Mangel verdankt –, so blieb für den Augenblick nur, unsere Zweisamkeit ein wenig zu lockern und, um weitere Zufallsbekanntschaften zu vermeiden, Freunde einzuladen. Es hatten sich wohl noch einige erhalten, über diese ersten zwei, drei Jahre unserer Ehe, sie kamen zögernd und voller Neugierde zu unseren kleinen Abendeinladungen, denn wir beide hatten ausgemacht: keinen großen Rummel und keine Stehpartys. Equilibre hatte sich ihren unerschöpflichen Fundus an Erwartungen bewahrt. Sie erhoffte Gespräche, kein Geschwätz und keinen pragmatischen Austausch von Informationen. Das Wort *Gespräch* – natürlich ohnehin zog sie unsere Dialoge vor – war in ihrem Mund wie eine Rezitation eines antiken Gelages, bei dem das Denken und das Amüsement, bei guten Flaschen Wein, die Erkenntnis der Teilnehmer fördere. Das Gespräch war ihre Heilige Kuh, und ich war beruhigt zu sehen, daß sie ihre Enttäuschungen ausbalancierte, wenn die erwarteten Geistesblitze ausblieben, und sich an den Anekdoten erfreute wie an einem Spiel mit Pingpong-Bällen. Sie breitete, als Trapez für diese Gespräche, große Tücher über den längeren Tisch im Haus aus oder über dem kleineren auf der Terrasse und steckte manche Einfälle in die Vorbereitung dieser kleinen Abende.

Am Anfang hatte ich ein wenig Angst, daß der Altersunterschied zwischen Equilibre und mir bei der Auswahl der Gäste zu Mißstimmungen führen könnte. Aber da Equilibre sich schon durch die Ehe mit mir aus dem eindimensionalen Verkehr mit ihrer Generation gelöst hatte, fand auch ich nichts mehr dabei, Gäste unterschiedlichen Alters an unserer Tafel zu versammeln, wenn sie nur paßten und aneinander Gefallen fanden.

Equilibre hatte ihre gleichaltrigen Freundinnen aus den Augen verloren und trug mit einer jungen Advokatin, einer Übersetzerin und einer Journalistin ihren Teil bei. Sie waren bereits über Dreißig und genügend eigenständig, als daß ich hätte befürchten müssen, durch ihren jungen Ehrgeiz den Kreisen der modischen Intelligenzija wieder zu nahezukommen. Auf meiner Seite gab es Gelehrte, auch Übersetzer, Journalisten, aber sie waren allesamt ein wenig sonderlingshaft, zum Teil in der Provinz vergraben, zum Teil in einem bescheidenen Pariser Quartier. Mit ihren Frauen und einer Tarte zum Dessert brachten sie oft die Lesefrüchte ihrer unauffälligen Existenzen mit und ließen den Eitelkeiten, die der Umgang mit bekannten Personen mit sich bringt, wenig Raum. Im anderen Fall hätten sich diese Eitelkeiten sicher genauso wie überall ausgebreitet, und sie hätten dieselben Querelen wie in Universitäten und in Feuilletonstuben, nur auf niedrigerem Niveau, breitgetreten. So aber, da wir uns nicht häufig sahen und nirgends einen gemeinsamen Humus hatten, blieb immer eine gewisse Distanz. Noch nach den längsten Gelagen mit viel Eau de Vie und den Gerüchen der Rosenstöcke bis tief in die Nacht vermochte uns die Anekdote eines Barockforschers über die Rolle der Rüsche im spanischen Theater weitaus mehr zu unterhalten als der Bericht eines Englischlehrers über seinen Kampf mit einer feministischen Kollegin.

Mir war es so, wie es war, gerade recht. Mir fehlte kein tieferer Austausch, weder der Gedanken noch der Gefühle, und eine gewisse Vertrautheit kommt ohnehin auf, wenn man sich in zwar nur gelegentlichen, aber regelmäßigen Abständen trifft und gewisse Nuancen aus den Lebensumständen der anderen unweigerlich mitbekommt, auch ohne Kinder zusammen aufzuziehen und Kollegialitäten zu teilen. Heimlich fürchtete ich wohl, daß diese distanzhaltenden Beziehungen zwischen Freundschaft und Bekanntschaft Equilibre auf die Dauer zu frostig wären. Aber sie war nicht sentimental und hatte nicht den Ehrgeiz, einen festen Kreis um sich zu versammeln, der ähnlich wie der Salon ihrer Mutter auch bunte Vögel, zukünftige Größen aus Theater und Literatur, in sich aufnähme. So sah ich sie am dritten gemeinsamen Weihnachtsabend einen großen Baum schmücken und für die Tafel Hasenpastete, Rehragout und einen köstlichen Apfelauflauf vorbereiten. Ich sah sie ganz ihrem kindlichen Vergnügen hingegeben, und die Gäste, die wir anstelle von Familienverpflichtungen eingeführt hatten, bedeuteten kein langweiliges Weihnachtsprogramm und keine gefühlvollen Beichten unter brennenden Kerzen.

Einmal sah ich Equilibre in der Küche sitzen, sie hatte Zeitungen ausgebreitet auf dem Küchentisch und kittete zerbrochene Porzellanstücke. Ich war erstaunt, denn Equilibre zeichnete sich sonst durch völliges Desinteresse an solchen weiblichen Beschäftigungen aus, mit denen manche Frau ihr Leben verbrachte. Ich sah mir das Porzellan an, das sie kittete, es waren Stücke aus unserem Alltagsgeschirr, mit einer spülmaschinenfesten Glasur überzogene Imitationen einer alten Straßburger Fayence. Ich glaube, es heißt *Rose von Colmar,* und in der Mitte des Tellers prangt eine große aufgeblühte rote Rose. Es gab Variationen dieses Geschirrs mit Tulpen und blauen Blütenranken, durch die Käfer liefen. Equilibre liebte alte Fayencen, aber sie fand es Wahnsinn, jeden Tag ständig zittern zu müssen, ob eines der teuren Stücke zu Bruch ging, und so hatten wir diese billige Variation für den Alltag angeschafft. Ich war um so mehr erstaunt, daß sie sich mit großem Aufwand am Küchentisch niedergelassen hatte, als das Porzellan in Paris in mehreren Geschäften nachzukaufen war, es gehörte zu einem laufenden Programm von Villeroy & Boch. Wollte sie ihre Zeit wirklich mit solcher Beschäftigung vergeuden, da sich weder Gemüts- noch andere Werte mit Scherben verbanden? Aber manchmal versenkte sie sich in solch absurde Beschäftigungen, nähte Kopfkissenbezüge oder eine Überdecke oder einen Vorhang, als wolle sie ein Gleichgewicht herstellen zu der Rolle der dummen Frau, deren fleißige kleine Arbeit von vielen Männern zum Kultgegenstand erhoben wird. Vielleicht suchte sie aber einfach manchmal einen Raum, in den sie sich zurückziehen konnte, und das gelang ihr besser mit einer Nadel in der Hand und mit Porzellankitt als mit einem Buch. Ich weiß, daß Madame Tourmel manchmal deswegen böse war. Besonders wenn Equilibre sich an einem freien Wochenende ans Putzen und Polieren von Silbervasen und silbernen Lampenfüßen machte und auch zuweilen über das Besteck herfiel. Madame Tourmel war böse, diese Arbeiten gehörten zu ihren

Aufgaben, und sie glaubte, daß man Equilibre nichts recht machen konnte.

Die dumme Frau – so dachten wir beide über jenen weiblichen Typus, dessen Leben im Innenraum des Hauses abgesteckt ist und der weit weniger ausgestorben ist als die Propaganda der Emanzipation glauben machen will. Jede Frau, deren alltäglicher Wirkungsradius nicht über Kindergarten und Bäcker hinausgeht, gerät in diese Rolle, wenn sie die Kinder am Abend nicht einem Babysitter überlassen und an den Abendeinladungen teilnehmen kann, die der Position ihres Mannes gelten.

Equilibre spielte noch immer Klavier. Das Klavier, ein Ibach aus Kirschbaumholz, das sie von einer Tante geschenkt bekommen hatte vor dem Einzug und das eines der wenigen Dinge gewesen war, die sie behalten hatte, stand in der *salle à manger,* und ihre Noten lagen nach Komponisten geordnet in einem kleinen Eckregal daneben. Ich glaube, sie war ein wenig eifersüchtig auf meine Mutter. Wie wenig mußte sie mich kennen, wenn sie mein Schweigen anders auslegte, als es gemeint war. Ich sprach kaum von meiner Mutter, ich mochte sie nicht, und ich hatte nur vage Erinnerungen an eine Frau, die als Botschaftergattin den vorgeblichen Außenraum ihres Lebens ununterbrochen in die Innenräume der von Stimmen erfüllten Salons verlegte. Eine Gesellschaftsdame ohne politische oder gesellschaftliche Bedeutung, aber den Ritualen der Geselligkeit ungeheuere Wichtigkeit zumessend und sie allem anderen vorziehend. Equilibre wußte, daß auch meine Mutter eine leidliche Pianistin war und daß sie oft bei geselligen Anlässen im Haus von Freunden aufgetreten war. Aber Equilibre wußte nicht, wie sehr ich sie lieben mußte, um ihr Klavierspiel zu mögen und es nicht mit jenen kultivierten Vorstellungen zum Hors d'œuvre zu verwechseln. Ich hatte von meiner Mutter kaum Stücke im Ohr behalten. Sie liebte die deutschen Romantiker, aber wenn ich mich an sie erinnerte, am Klavier, sah ich sie als Rückenansicht, den glänzenden üppigen Knoten im Nacken, die langen Ohrgehänge, die spielenden Hände in langen geknöpften Manschetten. Dieses Bild ohne Musik hatte für mich etwas Unheimliches und Bedrohliches behalten, aber Equilibre hatte sofort jenes alte Gespenst verdrängt. Die einzige Gemeinsamkeit zwischen beiden war die Gemeinsamkeit, die sie mit vielen Frauen teilten: der Raum, in dem sie leben, wirkt oft ein wenig imaginär. Die Klaviertasten und die zerbrochenen Porzellanstücke, das Besteck der kleinen Nadeln in ihrem Necessaire und die Kämme und Spiegel auf ihren Toilettentischen sind wie Dinge, in die die Frauen sich fast spurlos verlängern.

So grübelte ich, während Equilibre über ihren Porzellanstücken saß, über jene Rose, die in der Mitte unserer Teller prangte. Die Rose gilt in Europa als Symbol der Liebe zur Frau als Idealbild. Dieses frühe Symbol aus der Zeit der mittelalterlichen und sarazenischen Gärten meint zwar schon eine wirkliche Frau, aber eine Frau, die in ihrem von Allegorien wie vereisten Garten unzugänglich bleibt. Da sitzt sie stellvertretend für Maria, als Symbol des Lichts, der Erlösung, der Unkörperlichkeit und der Milde. Eva, Astarte, Venus, Madonna. Aber wenn ich mir Equilibres Füßchen vergegenwärtigte, die nackt über den

Rasen liefen, wenn ich mir unsere Mirabellenbäumchen und Rosenstöcke vor Augen führte, deren Zweige nicht durch Symbolüberfrachtung zu Boden gedrückt wurden, war ich froh, daß jene Lichtgestalt idealer Gärten nicht zugleich als Werkzeug der Verdammung angesehen werden mußte. Wir hatten Mirabellen, keine Äpfel. Der Sündenfall wurde nicht jedes Mal aufs neue wiederholt – er lag endgültig hinter uns. Blieb die Frage, ob Equilibre in meinem Garten nicht doch ein wenig vereiste. Ihr Blutdruck war eine Spur zu niedrig, fast hätte ich gesagt, wie es sich für eine zarte junge Frau gehört, aber er war in Ordnung. Sie war keine Schlange, auch keine kleine Schlange, ich weiß, es wäre viel interessanter, wenn sich hinter ihrem gutmütigen und ausgeglichenen Gesicht der Charakter eines Flittchens verborgen hätte. Aber ich sagte schon, in der Liebe liebe ich die hohe Simplizität. Auch wenn ich eine sehr junge Frau hatte, fühlte ich mich nicht ausgebeutet, weil ich ihr ihren Müßiggang ermöglichte. Ich sah mich auch nicht als alten Trottel, dem seine junge Schöne auf der Nase herumtanzt und die ihn unter dem Pantoffel hat. Leider kochte Madame Tourmel leidlich gut und bügelte auch meine Hemden zufriedenstellend. Eine Frau als Köchin fehlte mir also nicht.

Ich weiß, wie schwer es ist, über eine Frau zu schreiben, die gegen die Moden der Zeit lebt. All ihre früheren Freundinnen bezogen ihre Legitimität entweder aus einem Beruf oder aus ihrer Rolle als Mutter. Wenn über sie eine Midlife-crisis hereinbräche, hätten sie immer noch die Möglichkeit, die Leere in ihrem Leben mit Ehrenämtern zu füllen, Kindergärten, Krankenhäuser, Behinderte.

Ich weiß, wie schwer es ist, über eine Frau zu schreiben, ohne die Leere, die Depression einer Schicht anzuklagen, die auf Bällen und Tee-Einladungen diese Leere totschlägt. Es scheint unmöglich, daß Equilibre zufrieden sein konnte, aber mit einem schalkhaften Lächeln sagte sie zu unseren Besuchern, ich habe einen Full-time-Job, ich habe den Job, an einem emblematischen Ort zu sitzen wie ein lebendes Bild. Dann sagte sie, wäre das nur ein Job, wenn es eine Performance wäre? Heutzutage nennen sie die Lebenden Bilder, mit denen man sich früher privat unterhielt, Performance. Da das Wort einmal in Mode gekommen ist, hat eine Performance eben Wichtigkeit. Bin ich also wirklich ein Müßiggänger, ein Gegenstand, ein Objekt der Dekoration? Bin ich wirklich herabgewürdigt durch eine Männerphantasie? Wie ein feministisch-kritischer Blick urteilen könnte? Seht, ich bin eine Performance, sagte sie und schlug auf entzückende Weise ihre Beine übereinander, stützte den Kopf in die Hand und erfand allerlei Positionen, die sie den Zuschauern vorführte. Aber ich weiß, sagte sie weiter und zündete sich eine Zigarette an, eine Zigarette in einer langen Spitze, als posiere sie für einen Photographen. Aber ich weiß, daß man den Frauen früher vorwarf, sie kultivierten ihre Körperhaltungen, weil sie in den Salons nur die Rolle der Dekoration spielten. Aber ich weiß, daß ich nicht nur Modell meines Schöpfers bin, sondern sein Mitspieler, und ich weiß, daß alle Modelle, nicht nur Pygmalion, mitspielen. Wenn das Leben Performance wäre, wäre es nicht authentisch. Auch ein Wort, das in Mode ist. Ich weiß auch, daß wir uns, anders als in anderen Epochen, angewöhnt haben, auf solche Zurschaustellungen zu verzichten. Performance oder Authentizität? Was also bedeutet es, wenn ich mein Leben auf einer Bank zwischen zwei Pappeln verbringe? Eine Pose? Eine Position? Eine Performance oder eine Gefangenschaft?

Je länger ich darüber nachdachte, desto unlösbarer schien mir das Problem von Wahrheit und Interpretation. Für mich war das Ganze ein Projekt der Liebe oder die Liebe als Projekt. Ich hätte nie mit einer Frau leben können, die meine Liebe nahm, wie sie kam und ging. (Unsere Nächte in ihrem Bett, unsere Morgen auf der Terrasse, unsere Spaziergänge und die Stunden, die wir getrennt verbrachten. Sie las sich damals durch die halbe Weltliteratur, und so fand ihr Müßiggang wenigstens in drei modernen Sprachen statt. Eine andere hätte längst angefangen, sich mit Übersetzungen einen kleinen Status zu erobern. Und ich zog mich täglich ein wenig zurück, um an der Abfassung kleiner philosophischer Essays zu arbeiten, zu der mir meine Arbeit als Redakteur kaum Zeit gelassen hatte.) Aber ich konnte mit einer Frau leben, die widerlegte, daß Ökonomie die Basis des gesellschaftlichen Lebens ist. Ihr Leben war in mehrfacher Hinsicht völlig unökonomisch, und ihr Denken war keineswegs nur der Spiegel ihrer ökonomischen Situation.

Wie gerne hätte ich sie manchmal im Kreise junger Frauen belauscht, die auf andere herabsahen, weil sie morgens um acht in adretten Kostümen in ihre Berufe hetzten, die Meinungen ihrer Vorgesetzten und Kollegen herumtrugen und abends gegen neun vor einem leeren Kühlschrank standen, bis es so weit war, daß ihre Männer eine zweite vorzogen, die mit Kerzen und einem kleinen Imbiß bis Mitternacht parat saßen, um sie zu empfangen. Wie gerne hätte ich sie in diesem Kreis belauscht, für den Karriere eine Beschäftigung für arme Leute war, und wie gerne hätte ich Equilibre in einem anderen Kreis junger intellektueller Frauen gehört, die so haarspalterisch wären wie sie. Aber sie verkehrte in keinem Kreis für Frauen, und so mußte sie mir ihre Gedanken unterbreiten, als wäre sie selbst eine kleine Gesellschaft. Karriere, sagte sie, ist auch als aufgeklärter Begriff der Emanzipation dann Ideologie, wenn er zum einzigen Schlüssel richtiger Lebensform wird. Karriere gehört zur Ideologie der Massengesellschaft, so wie umgekehrt der weibliche Müßiggang von Vertretern der Emanzipation als Ideologie betrachtet wird, so wie die Zurückdrängung der Frau an den Herd mit Rückbesinnung auf konservative Tugenden eine Verschleierung der Tatsache ist, daß es für Männer und Frauen nicht genug Arbeitsplätze gibt. Besser, ich bin eine verheiratete Frau als eine Arbeitslose der oberen Mittelklasse, die von Sozialhilfe lebt. Aber war meine Ansicht, daß Equilibres einzigartige Liebenswürdigkeit auch ein Ergebnis ihrer Muße war, nicht doch eine Legitimation unserer Verhältnisse, ganz im Sinne der gerade verworfenen, bei denen das Denken die ökonomischen Bedingungen widerspiegelt? Ich glaube wenig an die Natur, den Charakter oder das Wesen eines Menschen, aber ich sah von Tag zu Tag, daß Equilibres Liebenswürdigkeit weit über jene hinausging, die man der sogenannten guten Erziehung verdankt. Equilibre hatte fast nie schlechte Laune, und ihr Tag begann damit, daß sie auch bei schlechtem

Wetter, wenn alle Welt über Regen und Rheuma stöhnte, vergnügt mit Primavera aufbrach und ihre Runden drehte. Wenn ich ihr gegenüber ihre gute Laune rühmte oder sogar das Wort vergnügt aussprach, schnitt sie eine Grimasse und sagte nur, die Bornierten hüteten das Vergnügen. Dann ging sie hinaus, kam mit einer neuen Kanne Tee und machte den von mir so verhaßten Typus der Frau nach, die die Ellbogenfreiheit für sich entdeckt hatte, daß ich öfter darauf hereinfiel. Sie schlug mir zum Beispiel aus Gründen einer vorgespielten Federfuchserei eine Bitte ab oder fragte mich in finsterem Ton, ob ich nicht gefälligst die Mülltonne vors Tor stellen könne. Mülltonnen heraussetzen und Stühle tragen – das sei wohl der mindeste Anteil männlicher Arbeit im gemeinsamen Haushalt. Ein anderes Mal pries sie das Verhalten einer ihrer jungen Freundinnen in der Kanzlei oder in der Redaktion und gebrauchte Ausdrücke wie: Dem hat sie's eingetränkt, von dem hat sie sich nichts reinrühren lassen. Wenn ich mit diplomatischem Schweigen reagierte, um nicht mit ihr aneinanderzugeraten, wandte sie sich ab und stieß Drohungen aus wie die, es sei noch lange nicht aller Tage Abend. Bevor ich anfangen konnte, Betrachtungen darüber anzustellen, inwiefern ihre Aggressivität mit ihrer Jugend zu entschuldigen sei oder ob sie doch kapriziöser sei, als ich bisher annahm, brach sie in lautes Gelächter aus. Nun weißt du, wie es ist, eine Megäre, eine Xanthippe oder eine Emanzipierte mit Ellbogen zu Hause zu haben.

Meine kleine Xanthippe, sagte ich, und sie zog ein Gesicht und sagte, ich bin nicht klein, ich bin kein kleines Mädchen. Aber diesmal wußte ich, daß sie eine Komödie aus der Alltagspsychologie nachspielte, denn ihr Selbstbewußtsein war die Basis unserer Beziehung. Ich konnte ihr alle zärtlichen Diminutive zurufen, die mir einfielen, ohne daß eine Alarmglocke in ihr losging. Aber die Schwierigkeit, das eigene Bild von sich selbst gegen das Bild, das andere sich von einem machen, durchzusetzen, blieb auch für sie. So mochte sie es gar nicht, wenn ich in Gegenwart anderer solche Kosenamen gebrauchte, weil sie Mißverständnisse fürchtete. Ich möchte nicht als dein Püppchen angesehen werden, sagte sie, und sie vergeudete manche Stunde damit, der Anwältin oder der Journalistin im Gespräch über die Liebe zu erklären, daß Liebe nur als Freundschaft die Grundlage einer dauernden Beziehung sein könne. Ich lächelte, denn ich wußte, die beiden Frauen trieben einen heimlichen Kitsch mit meiner Liebe zu ihr. Er ist verrückt auf sie, hatte ich sie sagen hören, und sie, sie betet ihn an. Sie sind die einzigen, die es geschafft haben, es ist die einzige lebendige Ehe, die wir kennen.

So sagten sie, aber Equilibre war nicht davon abzubringen, daß Passion und Ehe nicht miteinander zu vereinen seien. So redete sie vernünftig wie ein junger Eleve, der seine Studien beendet hat, der kein Libertin ist und der sich nach einer Frau umsieht, die er für passend hält. Die Passion war eine Nebensache in seinen Augen. Der junge Mann machte es sich nicht bequem mit der üblichen Formel: Ehe ist Ehe, und eine gelegentliche Affäre wird jeder verzeihen. So trug ich für Equilibre ein wenig die Hosen. Was hätte sie wohl getan, wenn ich nicht in einem Anfall von Schlafwandel den Einfall gehabt hätte zu heiraten?

Mein kleiner Soudain, sagte sie, wenn man nicht auf dich aufpaßt, bist du so unbedacht, wie der Name es ausdrückt. Du hättest vermutlich jede andere geheiratet, und es gibt ein paar böse Zungen, die sagen, der alte Junggeselle hat am Ende doch Angst bekommen, er müsse sein Alter allein verbringen.

Frauen unter sich, sagte sie, reden so. Du kannst mir glauben, zuweilen sind sie schlimmer als die Männer, die als Unterdrücker auftreten. Es heißt, Männer sind Egoisten und Paschas, und Frauen hätten böse Zungen wie Gift. Er hat Angst gehabt, daß er keine mehr mitkriegt, wiederholte sie schadenfroh über die Dummheit, die sich in solchen Kommentaren äußerte.

So saßen wir und redeten. So saß sie manchmal mit einer anderen Person und redete, so bat auch ich manchmal einen Freund zu mir allein ins Zimmer und redete und trank einen Aperitif mit ihm, bevor wir zum Essen zu den anderen gingen. Equilibre war zu frivol, um mich mit Betschwesterideen zu nerven. Zum Beispiel mit der Trivialität, daß man im Glück des anderen das eigene Glück finde. Sicher, sie wollte mich glücklich machen, ganz im konventionellen Sinn des Wortes. Aber, wie ich schon sagte, um einen gutgeführten Haushalt zu haben, darin hatte ich noch nie einen Grund gesehen zu heiraten. Vielleicht war Equilibre gut beraten mit ihrer Formel, daß die Liebe genauso wie die Ehe auf Freiwilligkeit beruhen müßte, nicht auf Schuldigkeit, nicht auf Zwang, nicht auf Abhängigkeit, nicht auf Bedürfnissen und Interessen. Natürlich war das eine Formel, und natürlich wußte sie, daß man Formeln nicht chemisch rein leben kann. Und schließlich war sie fürs erste doch von mir abhängig. Aber ihre Formel erlaubte ihr einen Entwurf von sich selbst, und dieser Entwurf kam ihren Eigenheiten ziemlich nahe. Vielleicht ist Identität nichts anderes als diese Übereinstimmung.

Im ruhigen Fluß unseres Alltags vergaß sie manchmal, daß wir wie jedes Paar auch ein Experiment durchführten. Es sah so aus, als ob dieses Experiment in erster Linie auf ihre Kosten ginge. Denn im traditionellen Sinn riskiert eine Frau, eine so junge Frau, weit mehr den Verlust ihrer Identität, wenn sie in der Liebe Freiheit und Anpassung nicht ins Gleichgewicht bekommt. Equilibre paßte sich Schritt für Schritt unserer Lebensform an. Aus unseren sexuellen Nachmittagen tauchte sie taufrisch und ganz sie selbst wieder auf. Sie war eine der wenigen Frauen, die nicht aus sexueller Dankbarkeit unterwürfige Züge entwickeln. Was die Gefahr, daß die Liebe zum Gefängnis wird, betrifft, so war sie weit weniger blind als ich. Die Blindheit, sagte sie, steht für die Passionen, aber die Liebe macht sehend. Sie hatte viel mehr Reserven, als ich vermutete, und so war ich am Ende der größere Gefangene. Denn sie blieb frei, oder sie konnte sich freimachen, auch wenn sie jahrelang in meinem Garten saß – der ihr Garten sein sollte – und unser bescheidenes Leben führte.

Wenn ich auch nicht zu den Despoten gehörte, die Equilibre wie eine kleine ausgehaltene Freundin ängstlich, eifersüchtig fragten, wo bist du gewesen, so war es doch Gewohnheit geworden, daß sie nie ausblieb ohne mich zu benachrichtigen.

Es gab keine eifersüchtigen Verhöre, es gab keine Kontrollen und keine Spionage. Ich konnte alle Briefe liegenlassen, und obwohl wir mehrere Anschlüsse im Haus hatten, konnte sie sicher sein, daß ich den Hörer niemals abhob, um mitzuhören. Die Liebe als Gefängnis – wer kennte nicht die Ängstlichkeit und die Unruhe, mit der man den anderen tyrannisiert? Wir führten ein Leben so eng zusammen, wie es kaum vorstellbar ist. Wir waren immer zusammen. Es gab kein Entweichen, nicht in einen Beruf, nicht zu eigenen Freunden, nicht einmal in einen Club. Trotzdem war diese Liebe kein Gefängnis. Denn wir kontrollierten nicht mit der Stechuhr unsere Gefühle. Trotzdem war diese Liebe ein Gefängnis, denn ich sah Equilibre am liebsten in ihrem Garten sitzen, auf ihrer Steinbank zwischen den zwei Pappeln, und stundenlang, wie eine Schlafende, dem Plätschern der Springbrunnen, dem leisen Rieseln der Rosenblätter und dem Rauschen des Windes nachhorchend. Man weiß, es gibt Männer, die nur ganz glücklich sind, wenn sie die Geliebte im Schlaf ganz für sich haben. Keine Hand kann sich davonstehlen, kein Fuß kann davontänzeln, selbst der Atem gelangt nur bis an ihr Ohr.

Ich glaube, ich brauche keine Verteidigung. Jeder weiß, daß die Liebe Formen der Obsession, der Okkupation und des Wartens annehmen kann, die alltägliche Vorstellungen übersteigen. Die Liebe bleibt paradox, oder man kennt sie nicht. Wie schwer ist das empfindliche Gleichgewicht zwischen einer Liebe, die den anderen zum Gefangenen macht, und einer Liebe, die den anderen freisetzt, zu halten. Hätte ich mich in der Zeit von Equilibres

Verstörung an einen Freund oder an ihre Familie gewandt, hätten sie mir vielleicht geraten, bei einem Therapeuten Rat zu suchen. Jeder zweite Film erzählt heute von den extremen Grenzüberschreitungen einer Leidenschaft. Gleichzeitig halten es die psychologischen Berater für gefährlich, wenn ein Mann in einer einzigen Nacht von Zürich nach Rom rast, weil seine Geliebte den Hörer nicht abnimmt. Trennen sie sich von einem solchen Partner, las ich neulich in einer Fachzeitschrift, und zwar so schnell wie möglich. Er hat symbiotische Wünsche, die Ihnen keinen Freiraum lassen. Hier war der Ratschlag die Trennung, sofort und radikal. Im allgemeinen aber wird eine Trennung als lebensgefährliche Amputation betrachtet, und der Liebeskranke muß sich einer Therapie unterziehen, die an die Stelle der Liebe ihre heilungsbedürftige Deformation setzt.

Eine von Equilibres jüngeren Schwestern hatte sich in einen ihrer Professoren verliebt, sie studierte Photographie. Der arme Mann hatte sie nicht erhört, vielleicht weil er kein Interesse hatte, vielleicht weil er beruflich Pressionen befürchtete. Manchmal drohen einem Professor, der sich mit einer Studentin einläßt, auch heute moralische Sanktionen. Die Schwester kam völlig herunter, gab ihr Studium auf, magerte ab, schloß sich in ihrem Zimmer ein und sprach, wenn überhaupt, nur von ihrer unglücklichen Liebe. Es prasselte aufgeregte Kommentare. Dieser Mann ist zu weit gegangen, hieß es, er hat seine Studentin privat in die Oper eingeladen. Und dann hat er sich zurückgezogen. Der in ihren Augen kleinkarierte Professor bekam die Schuld. Ein anderer sagte, sie war schon immer verrückt, die Kleine, einfach überspannt, sie kommt aus guter Familie, hat das ganze Leben vor sich und benimmt sich wie Werther, der sich demnächst in die Seine stürzt.

Was wieder zeigt, sagte Equilibre, daß die Liebe, die Verzweiflung und der Selbstmord niemandem zu erklären sind. Nicht nur die Älteren kommen damit, daß ein junger Mensch an den Schwierigkeiten wachsen müsse, die ihm das Leben versetze. Nützt alles nichts, schicken Sie Ihre Kinder zu Therapeuten, und nach einer langen Anzahl von Sitzungen verlassen die Kinder ihre Therapie, weil sie genervt sind vom ständigen Fragen nach dem Problem. Oder sie haben als neue Jünger dieser Sekte die Normen der Selbstbefreiung gelernt, die Praxis und das Vokabular vom Reinigen und Säubern. Der Witz bei der Sache ist, sagte Equilibre, daß die ratlosen Eltern selbst auf einen Wahrheitsbegriff getrimmt sind, der jede Freiheit ausklammert.

Sie haben gelernt – nicht nur durch ihre Kinder –, daß ihre Ehen Scheininszenierungen sind oder zur Dauertherapie ihrer Krisen wurden. Sitzung für Sitzung nehmen sie ihr falsches Verhalten unter die Lupe und hoffen auf Verständigung. Ein Perpetuum mobile der Selbstbefragung. Alles muß doch zu lösen sein, und keiner darf sagen, daß es Dinge gibt, die nicht zu lösen sind. Wer es sagt, ist gescheitert. Keiner darf sagen, daß die Liebe längst verschwunden ist unter der Vergrößerungslupe, dem Untersuchungsglas.

Equilibres kleine Schwester wurde geheilt, das heißt, sie nahm ihre Studien wieder auf, nahm zu und fuhr mit der

Familie in Ferien, in die Bretagne. Dort schoß sie sicherlich tausend Photos von schroffen Felsklippen. Manchmal legte sie ein orangerotes Badetuch und einen gelben Sonnenhut dort nieder, um die graue Einsamkeit ihrer Felsen hervorzuheben. Jetzt hat sie einen Felsen, sagte Equilibre, wenigstens hat sie sich keinen Teddybär ausgesucht als Ersatz für ihre brüchige Liebe. Heimlich war ich heilfroh, daß Equilibre ihren Familiensinn erst entdeckt hatte, als die Schwester schon auf dem Weg der Besserung war. Sie hätte es sonst fertiggebracht, die kleine Schwester für eine Zeit in unser Haus einzuladen, um sich um sie zu kümmern. So sehr ich es liebte, Equilibre von Zeit zu Zeit im Gespräch mit einer anderen Frau zu hören, ich war kein Regisseur, der aus solchen Gesprächen Quintessenzen zog. So gingen mir mehrere Höhepunkte dieser jungen Leidensgeschichte verloren. Equilibre, die versuchte, eine gewisse Diskretion für andere zu wahren, erzählte mir die Fortsetzungen nur in groben Zügen. Die Schwester war höchst unzufrieden damit, daß sie wieder gesund und bei Gewicht war. Sie wollte aussehen wie ein verhungerter Vogel, sie wollte zeigen, daß sie litt. Sie liebte ihren Professor noch immer, doch behielt sie es für sich, weil alle über sie hergefallen wären, sie ruiniere eines kleinkarierten Mistkerls wegen ihr Leben. Sie verkündete, daß sie ein halbes Jahr nach Berlin gehen wolle. Weggehen und leiden und, das behielt sie für sich, wenn sie ihn wiedersähe nach diesen Monaten der Abwesenheit, wollte sie ihn beeindrucken wie ein neu aufgegangener Stern.

Ich hielt mich mit Kommentaren zurück, weil ich wußte, daß Equilibre Vorsprung an Lebenserfahrung aufgrund des Alters nicht gelten ließ. Aber ich war froh, nicht an eine Frau geraten zu sein, der aus der Liebeserfahrung nur eine Schmerzerfahrung blieb und die mit der Rhetorik des Leidens eine abendländische Tradition fortsetzt, in der der Liebesschmerz ein privilegiertes Mittel der Erkenntnis ist. Ich meine nicht jene bloßen Schauspieler der Passion, die sich selbst in Szene setzen, ich meine solche Liebenden, die ihre Einsamkeit nicht auch als ein Faktum ertragen, an dem niemand schuld ist. In gewisser Weise hielt ich für Equilibre noch immer einen Sockel parat, der sie in Gegensatz setzte zur Tradition des Liebesschmerzes. Und auch durch die Geschichte der Schwester gewann Equilibre in meinen Augen. Denn sie stimmte trotz ihrer Gegenstellung nicht in den Hohn der anderen über die Liebesleidenden ein, mochte der Hohn frivol oder pragmatisch sein.

Ich führte kein Protokoll über meine Gefühle, und ich war vielleicht weit mehr davon entfernt, der Dirigent ihrer Gefühle zu sein, als ich dachte. Ich wartete noch immer auf einen Moment ihrer Hingabe, der ihre banalen Abenteuer in Tomatentreibhäusern mit typischen Jungen, die den großen Macker spielten, endgültig hinter sich ließ. Aber konnte ich sicher sein, konnte ich je sicher sein, daß ich die heimliche Regie behielt? Die Regie, denn ich war darauf aus, eine Wahrheit zum Explodieren zu bringen und nicht mit ihr Katz und Maus zu spielen. Obwohl sie mir zu Gefallen ab und zu kleine Stiefelchen trug und im Zimmer hin und her ging, stand sie kaum unter einem wirklichen Bann ihrer erotischen Erfahrung mit mir. Man sagt, keine Frau könne tagtäglich mit einem Mann in glücklich zerwühlten Laken liegen, ohne ihr Herz an ihn zu hängen, selbst wenn er ein Schuft sei. Du bist kalt, sagte sie manchmal. Du behältst immer deine Eleganz. Nie würdest du von selbst die geringste Annäherung machen. Das war kein Vorwurf aus Liebesschmerz. Sie war das Naturtalent geblieben, das sie war; sie legte sich mit Freuden in unsere täglich gewechselten Laken, und wenn ich das Zimmer verlassen hatte, fand ich sie in meiner Lieblingsposition vor, wenn ich zurückkam. Sie lag auf dem Bauch, das rechte Bein, abgewinkelt vom Knie an, schwenkte ein wenig in der Luft. Ihr kleines Füßchen beschrieb schlangenhafte Kreise in der Luft, als zeichne sie eine Acht, und ihr dichtes langes Haar fiel über ihre Brüste. Die Ellbogen aufgestützt, lag ihr Gesicht in der einen Hand, während sie mit der anderen ihr Haar um ihren Finger wickelte wie ein sich langweilendes Gör. Ich liebte diese Haltung, weil sie niemals sonst so sehr der verbotenen Kindfrau glich, die in zweitklassigen Illustrationen im 19. Jahrhundert auch in bedeutenden Büchern auftaucht.

War es eine Maske? Spielte ich den verliebten Ehemann, den Elegant, der morgens mit ihr am Tisch saß und sich bei gebuttertem Toast ihre reizenden Träume anhörte? Oft kam sie im Morgenmantel herunter. In ihrem Gesicht drückten sich noch die Schlaffalten ihrer Laken ab, und ihre Wimpern waren noch feucht von der Spur der Tränen, die ein schrecklicher Alptraum hatte fließen lassen. Primavera war davongelaufen, fortgelockt von einem unhörbaren Ton, und sie fand sie tief in einem Gebüsch mit offenem Maul und heraushängender Zunge, zu

Tode gehetzt. Diese Träume waren so intensiv und so schnell verflogen wie bei einem Kind. Natürlich hätten wir Traumdeutung spielen können. Der zu Tode gehetzte Hund bedeutete den verdeckten Soudain oder unsere Liebe oder unsere Jugend. Doch ich war mit solchen Spielen vorsichtig, ich ließ Equilibres Träumen ihre kindliche Heftigkeit und Flüchtigkeit.

Hatte ich nicht selbst als Kind unter den Fragen gelitten, die meine Mutter mir stellte, wenn ich im Schlaf schrie? Sie kam herbeigeeilt, wenn sie mich gehört hatte, riß die Tür auf zu meinem Kinderzimmer, knipste die Deckenlampe an, und ich weiß nicht, war es diese erbarmungslose Glühbirne oder der Schrecken im Schlaf, was mich hochriß. Dann kamen die Fragen, Fragen, die ergründen wollten. Aber sie fragten, bevor ich mich von meinem Schrecken richtig in die Realität geflüchtet hatte. Ich fing an, mich vor den Fragen genauso zu fürchten wie vor den Träumen. Schon im Erwachen wußte ich nicht mehr, was mich so gequält hatte. Schließlich fing ich an, mir einen Traum zu erfinden, den ich jede Nacht stockend wiederholte, wenn meine Mutter mich fragte.

Ich war also vorsichtig, was das ungeschulte Spiel des Fragens betraf, die private Erforschung des Unbewußten. Auch wenn ich die Maske des Ehemanns trug, so wollte ich doch in nichts einem der Verführer gleichen, die damit operieren, das Objekt ihrer Liebe unter einen Bann zu stellen. Der Verführer führt das Mädchen in die Irre, und das Mädchen verläuft sich in ihrem Verhältnis zu sich selbst. In einem Fall würde sie irre an sich selbst: weil sie eine seelische Norm nicht erfüllte – die Norm, keine schrecklichen Träume zu haben. Im anderen Fall, weil sie eine gesellschaftliche Norm nicht erfüllt: Sie hängt ihr ganzes Sein an den Verführer als Wolf im bürgerlichen Schafsfell. Der zieht sich aus der moralischen Verpflichtung zurück, indem er den Grund für das Scheitern der Beziehung mit der Intensität ihres Gefühls begründet. Trug ich eine Maske? Die Maske des Ehemanns, wie der Wolf den Schafspelz? Die Rolle des Verführers, der die Unschuld einfängt und das Mädchen sozial ruiniert, ist nur noch historisch. Vernünftige Menschen ziehen im schlimmsten Fall auch heute eine Abtreibung vor, anstatt das Mädchen in einen Kindsmord zu treiben. Aber der raffiniertere Verführer war auch früher nie nur an dem Fall ihrer körperlichen Unschuld interessiert, sondern immer auch daran, sie auf den Höhepunkt ihres seelischen Engagements zu bringen. (So Kierkegaard im *Tagebuch des Verführers.*) Mein Einsatz war hoch, und meine Selbstverdächtigung wuchs, je wirklicher meine Gefühle für Equilibre waren, je realer unser gemeinsames Leben. Der Verdacht, daß mein Einsatz, nämlich Ich selbst, meine ganze Person vor mir selbst verberge, daß ich der Verführer von Equilibre blieb.

Ich erinnere mich an die himbeerfarbenen Sessel in der Bibliothek ihres Vaters bei meinem ersten Besuch, und ich weiß genau, daß mich der Gedanke, Equilibre aus diesen himbeerfarbenen Sesseln zu ziehen, wie ein Schatten durchflog, ohne daß ich ihn dachte und ohne daß Equilibre überhaupt an jenem Abend in jenem Zimmer aufgetaucht wäre. Aber es muß so gewesen sein, daß sie im Moment, als ich sie sah, obwohl ich sie eigentlich zu Beginn gar nicht recht bemerkte – ich bemerkte sie erst später, beim Essen am Tisch –, unbewußt eine Spur in mir hinterlassen hatte. Und dies war kein Ballsaal der Vergangenheit, in den ein Routinier voll Erwartung auf eine Unbekannte eingetreten wäre, um sie den Klauen ihrer Mutter und den Eheverträgen ihres Vaters zu entziehen, weil ihre nackten Schultern in ihm die Lust weckten, sich an der Gesellschaft zu rächen für diese Zurschaustellung junger Mädchen, die keiner berühren durfte.

Wie viele Verführer profitieren nicht nach wie vor davon, daß ein sechzehnjähriges Mädchen, dem die Welt noch auf den kleinen Raum von Familie und Schule zusammengedrängt ist, in ihrem Alltagsleben unzufrieden oder unglücklich, dem ersten Besten wie eine unreife kleine Birne in die Hand fällt. Ich rede nicht von den Serviererinnen oder von den Verkäuferinnen, die schon mit siebzehn den Pragmatismus von vierzigjährigen Geschäftsfrauen entwickeln. Ich rede von Mädchen, die mit siebzehn noch in die Schule gehen, die deutsche und englische Literatur lesen und in einem Kirchenchor singen oder in einem Schulorchester Bach spielen. Ich rede von ihrem Unglück, das sie auf die Familie schieben, und von der Verachtung, die sie den mittelmäßigen und banalen Motiven gegenüber aufbringen, die die Ehen ihrer Eltern zusammenhalten. Ob sie frivol oder aggressiv reagieren – eine Weile halten sie alle nichts von der Ehe. Freiheit ist die Essenz der Liebe, auch die Essenz der Liebeswahl. Der Verführer und der Entführer sind Komplizen im Angriff auf eine Gesellschaft, die diese Freiheit nach wie vor durch pragmatische oder moralische Normen beschränkt.

Ich glaube, daß Equilibre ihre Illusionen zum Teil durchschaute. Sie versuchte, noch ein wenig den Status einer unbürgerlichen Ehe aufrechtzuerhalten, indem sie auf die Nutzlosigkeit dieser Ehe Wert legte. Ihre Kinderlosigkeit war kein Egoismus, sondern ein Plädoyer für die Liebe, von der sie selbst sagte, daß sie mit Ehe nicht vereinbar sei. Ich glaube, sie versuchte, den gordischen Knoten zu durchschlagen durch das, was sie Generosität nannte. Generosität hieß, sich und den anderen, auch gegen den Strich, leben zu lassen. Ein sehr exklusives Motiv, das sich vielleicht noch bewähren mußte, wenn Dritte ins Spiel kämen. Im Zeitalter des *soupçon* wird man auch Equilibres Prinzip der Generosität unterstellen, nur Kompensation für Frustration zu sein. Sie kannte diesen Argwohn gegen sich selbst, bestand aber auf ihren Vorstellungen von Freiheit, freier Wahl, Generosität und Exklusivität, und das gab ihr ihre Sicherheit. Sie kannte genügend Fälle, die in kleinkrämerischen Abrechnungen den langsamen Tod der Liebe sterben. Sie kannte das Gezänk um Blechlöffel wie die Rechthaberei und den Streit, wer Schuld habe, wer versagt habe; sie kannte die Entlarvungstechniken, die darauf bauen, daß jeder einen angeblichen inneren Schweinehund hat.

Exklusivität – bei diesem Wort denke ich nicht an Luxus- und Prestigeartikel, mit denen die Leute aus den schicken Arrondissements ihr Profil auf Hochglanz bringen. Exklusivität heißt Ausschluß von anderen Möglichkeiten. Daß sie anderes ausgeschlossen hatte, daß sie mich geheiratet hatte – sie fühlte sich darin vielleicht gerade durch meinen Garten bestätigt. Ein so verrückter

Plan, der aus der Liebe selbst ein Gehege macht, mußte ihr einleuchten. Doch war das Paradies selbst ein eingehegter Ort, ein Garten gegen Morgen? Das Paradies gilt als frei und grenzenlos, so wie im Namen der Natur Liebe als freie Liebe proklamiert wird. Ich holte sie langsam, Schritt für Schritt hinter mir her, indem sie die ihr verordnete Isolation zu einer freiwilligen wahr machte. Mein Hortus conclusus war keine Kasernierung der Natur und der Liebe. Wenn man genau hinsah, war ein Ordnungsprinzip des Gartens nur in der Symmetrie zu erkennen: zwei Alleen, zwei Springbrunnen, zwei Pappeln. Und eine Asymmetrie: die echte Weide in der linken Ecke und die rostige Weide aus Metall in der rechten. Das Geheimnis der Bank und der Figur, die auf ihr saß, während ich der Unsichtbare in diesem Garten blieb, war mein eigenes Spiel, das niemand kannte. Es ist bekannt, daß der französische Garten ein Spiel nach hermetischen Regeln ist. Auch wenn es ein Spiel ist, Equilibre mochte keine französischen Gärten. Keine gedrechselten Taxushecken, keine zurechtgestutzten Lorbeerbäume. Sie hätte das geheime Ordnungsprinzip, das auf die Bank ausgerichtet war, nie gebilligt, wenn der Garten die Realisierung eines rigiden Ordnungsprinzips gewesen wäre, eines absolut gesetzten Prinzips, das aus dem Garten eine Kaserne und aus der Sexualität in der Ehe die Pflichterfüllung von Kasernierten gemacht hätte.

Die Pflichterfüllung, die ihr Gegenbild in der Nichterfüllung der sogenannten ehelichen Pflichten findet, mit der ein großer Teil aller Verheirateten lebt. Es gibt ein berühmtes Beispiel in der Literaturgeschichte des letzten

Jahrhunderts: André Gides Berichte der Selbstbefreiung haben als Tonspur die lebenslängliche Freundschaft seiner legitimen Frau, einer Freundin, die als Verheiratete wie eine keusche Jungfrau lebte, unterstützt von ihrer eigenen protestantischen Gesinnung und von der Idolisierung durch Gide, dessen homosexuelle Freiheit seinem Zeitalter voraus war. Die Kasernierung der Sexualität betrifft beides: das Pochen auf Pflichterfüllung wie das Pochen auf Enthaltsamkeit. Daß beide Formen gewalttätiger Unterdrückung oft mit versteckter physischer Gewalt beantwortet werden, zeigt unter anderem die Raserei von Gides Frau, die in einem Anfall von namenloser Enttäuschung und Wut Hunderte von Briefen verbrannte, die Gide ihr jahrzehntelang von seinen Reisen geschrieben hatte.

Ich bin kein Schüler von Freud, und ich führe nicht alle Strukturen von *law and order* im Staat und Gewalteskalationen auf die Sexualität zurück. Aber ich habe Equilibre zugehört, wenn sie mir zeigte, daß die kleinsten Gruppierungen einer Gesellschaft durchaus als Modelle für die gesamte Gesellschaft genommen werden können.

Haus und Garten waren ein wenig wie die beiden Pole der Liebe, das Paradox von Realität und Utopie. Mein Grenzgebiet war die Terrasse, die zwar zum Garten gehörte, aber durch Geländer und Treppe von ihm getrennt war. Auch Equilibre verblieb viel Zeit auf der Terrasse. Sie vertrödelte dort bei mäßigem, aber mildem Wetter die Sonntage mit Gesprächen und die Samstage mit Lektüren. Wir hatten keinen Dritten als Vivisektionsobjekt, den wir bei einer improvisierten Salade Niçoise an euphorischen Stimmungen teilnehmen ließen, um ihn zwei Tage später zum Anlaß zu nehmen, unsere gesellschaftsphilosophischen Sezierungen fortzusetzen. Equilibre partizipierte durch ihre Unruhe an der Unruhe, die seit Anbeginn Männer aus dem Haus treibt und zu Jägern, Sammlern und Kriegern macht. – Wenn ich für einen Moment dieses Modell gelten lassen will. Durch ihre Ruhe und Seßhaftigkeit hatte sie einen weiblichen Anteil. Dem praktischen Leben im Haus und auf der Terrasse korrespondierte als Auslauf nur der Garten. Der Garten gab ihr eine ins Übertriebene gesteigerte weibliche Rolle. Sitzen, warten. Die Unruhe, die ich ausspreche, ist nicht gleichzusetzen mit Suche. Weder mit Suche nach etwas, das es nicht gab, noch mit Recherche über etwas, das es gab. Wenn unser eheliches Leben sich im Haus und auf der Terrasse abspielte, hieß das, daß ich in ihrem Garten unsichtbar blieb wie ein Josef? Eine Weile schien Equilibre nie Anstoß daran zu nehmen, daß ich ins Haus zurückging oder auf der Terrasse blieb, wenn ich sie aufforderte, auf ihre Bank zu gehen. Aber dann gab sie mir einen Wink. Der Liebende, sagte sie, ist immer der, der wartet. Wer wartet, mag unruhig hin und her gehen wie ein Tier im Käfig. Doch der Liebende, der wartet, ist auch wie festgebannt an den Ort, an dem er wartet. Ich kann diesen Raum, diese Wohnung, dieses Haus nicht verlassen, weil X kommen könnte, anrufen könnte, einen Boten schicken könnte. Wer wartet, der sperrt sich ein. Der schließt sich ab. Der wartet auf das Geräusch eines Schrittes wie auf die Erlösung von einer Verdammnis. Ich sitze, ich warte, ich bin verdammt zur Rolle der Liebenden. Auf meiner Bank warte ich auf den Tag, an dem er kommt.

Solche Dinge erzählte sie, und manchmal hörte ich auch solche Sätze, wenn sie allein mit Primavera auf ihrer Bank saß. Und ich war nicht der Geliebte, der verdammt ist umherzuschweifen, ohne je in den Garten eindringen zu können. Verbannt von dem Ort, an dem der andere sitzt, verdammt zum Umherirren und Vagabundieren. Ich war nicht der Irrende als der Gegenspieler. Ich war schon da, ich war im Haus, ich war auf der Terrasse, und ich winkte Equilibre zu, als wenn ich in der Ferne wäre.

Wäre Primavera, dieses schöne weiße Windspiel, das sich furchtsam an ihrer Seite hielt, dafür geeignet gewesen, hätte sie sie sicher geschickt, um mich zu holen. Geh, Hündchen, und sag ihm, daß mein Herz zwischen meinen Weidenblättern hängt und daß er kommen soll und mein Herz pflücken, wenn der Mond sich hinter den Bäumen verbirgt, hieße die Botschaft. Denn auch das ist wahr, daß Liebende ihr Herz an Dinge hängen, wenn der andere sie gepflanzt hat, Dinge, die weniger wert sind als meine Weidenblätter.

Manchmal stand sie auf und tanzte mit Primavera um die Bassins mit den Fontänen. Sie dachte, ich wäre ausgegangen, wenn sie ihre Schuhe auszog und die furchtsame Primavera aus ihrem Versteck lockte. Sie tanzte um die Becken, ihr leichter Rock wirbelte ein wenig in der klaren Luft, Primavera rannte hinter ihr her, und Equilibre sagte, wenn der Herr aus ist, tanzen die Mäuse auf dem Tisch. Solche Ausbrüche von Freude erklärte ich mir, hinter einem Vorhang stehend, mit ihrer Jugend. Natürlich wußte ich, daß es nicht ihre Jugend war, sondern die Anarchie des Jubels, eines Jubels ohne Grund, eines Jubels, der sich selbst ein Fest war. Wie sehr hatte ich doch das Wort Fest in Equilibres Sätzen überhört. Wenn ich es recht bedachte, spann sie recht häufig den Faden eines imaginären Festes aus und erklärte mir, ein Fest habe nicht unbedingt mit einer Festlichkeit zu tun. Eine Festlichkeit sei eine kollektive Angelegenheit, aber für ein Fest brauche man nur einen anderen. Einen wirklichen oder einen imaginären, dachte ich, wenn sie um die Becken tanzte und auf dem Rand balancierte und ihr weißer, leichter Rock zwischen ihren Beinen ausgespannt war. Wie ein Zelt, durch das der Wind fuhr. Das waren Momente einer bizarren Freude, fast eines Deliriums, zu dem kein Tropfen Wein nötig war. Jugend? Ihre Fröhlichkeit entsprang jener metaphysischen Ironie, die die Balance über dem Abgrund kennt. Da verlor sie das Gleichgewicht und rutschte ab in das flache Becken, das Wasser spritzte um ihre Knöchel und den Saum des Musselin-Stoffes, sie bückte sich, um Primavera mit einigen Tropfen zu bespritzen. Bei Equilibres Gelächter schien sie ihre Angst vor dem Wasser zu verlieren. Equilibre stieg wieder heraus, balancierte ein wenig auf dem Rand, sprang ab, schlang ihr Haar um die Schultern wie ein Zelttuch und ging durch die beiden Alleen, versteckt hinter Rosen und Mirabellen.

Dies waren die kleinen Stege ihrer Rezitationen. In der einen Allee sagte sie, stehe auf, Nordwind, und komme, Südwind, und wehe durch meinen Garten, daß seine Würzen triefen. Und in der anderen: Komm, Südwind, der du die Liebe erweckst – wehe durch meinen Garten, daß sich die Wohlgerüche darin verbreiten. Kurz darauf saß sie mit nassem Rock und nackten Füßen und offenem Haar auf ihrer Bank, als warte sie auf das Eintreffen ihres süßen Windes. Auf ihrem Gesicht lag ein stilles Lächeln, fast ein Lächeln des Glücks. Es war ein anderes Lächeln als das ihrer delirierenden Freude.

Ich kannte die Sätze über den Wind, denn sie hatte mir ein kleines Buch geschenkt, aus dem sie Sätze von Garten und Wind abgeschrieben hatte, aus dem Hohen Lied Salomons und aus Gedichten des Johannes vom Kreuz. Dieses kleine Buch hatte sie mir auf den Kamin gelegt. Darüber hatte sie ein kleines seidenes Zelt aufgerichtet, die Außenseite war rot mit goldenen Lilien, und die Innenseite war tiefblau mit vielen goldenen Sternen. Ich konnte raten, ob dieses kleine Zelt eine Anspielung auf das Brautzelt der Dame mit dem Einhorn war. Denn sie hatte sich oft damit beschäftigt, daß über dem Eingang zu jenem Zelt ein Spruchband gespannt war: *A mon seul désir.* Das Zelt aber, sagte sie, ist auf der Abbildung leer. Kein Brautpaar ist dort zu sehen. Nur ein Zipfel des Stoffes ist ein wenig hochgeschlagen, so daß man das leere Oval eines Raumes sieht.

Solcher Art waren ihre Geschenke, und so hatte sie sich darauf vorbereitet, mir ein Fest zu sein. Der Tag war heiter und klar. Madame Tourmel war aufs Land gefahren zu einer kranken Nichte, und einige Telephongespräche hatten mich im Haus festgehalten. Equilibre saß auf der Bank, und die leicht dunstige Luft spann einen Schleier um ihre Schultern. Ich weiß nicht, was es war, daß ich dieses Mal die Stufen hinunterging und auf die Bank zu. Primavera, als wäre sie es gewohnt, erhob sich und ließ sich unter der Weide im Schatten nieder. Ich legte Equilibre auf die Bank und schlug ihren Rock hoch. Im Moment, als sie die Augen zu mir aufschlug, sprach sie meinen Namen.

Da hatte ich ihn, meinen Namen, aus ihrem Mund, in jenem unvorbereiteten Augenblick einer vollkommenen Hingabe, mein Name, der wie der Schlüssel zu ihrem Garten war.

III.
Saint-Polar

Es hat nichts zu bedeuten, nein, es bedeutet nicht das geringste, es stört uns nicht, es hat nichts mit uns zu tun, wir werden leben wie immer, es ist nur eine kleine Veränderung, nicht einmal eine Störung, du wirst sehen, es hat nichts zu bedeuten, du wirst sehen, ich habe recht. –

Kein Wort fiel, keiner dieser Sätze fiel in jenem Herbst, der so endlos schien mit seinen späten Indian-Summer-Tagen, daß alles, was geschah, sich im sanften Septemberlicht aufzulösen schien. Nein, ich könnte nicht sagen, wann es anfing. Nichts Besonderes geschah. Ich dachte nie über den Betrug nach oder über mich als Betrogenen. Wenn aus dem sanften Gleichstrom der Tag eines Betrogenen auftauchte, mußte ich lächeln. Sicher hätte zu dem Bild des eleganten Südamerikaners, das Equilibre von mir entworfen hatte, ein Betrug nur dann gepaßt, wenn die unnachsichtige Strenge des Großgrundbesitzers und alle seine Privilegien es gestattet hätten, die untreue Frau ins Innere des Hauses wie in eine Klosterzelle zu verbannen. Der leichte Voyeurismus, den der südamerikanische Hausherr pflegte, indem er sich auch von der Ehefrau Schritte und Waden in kleinen Stiefelchen vorführen ließ, mußte bei mir nicht zu dem Zusammenbruch eines Weichlings führen, der auf Knien hinter dem Rocksaum der Untreuen herrutschte. Ich war kein Gehörnter. Alles ging unmerklich und heiter zu. Kein Drama störte die langen Tage. Equilibre saß auf einer Schaukel in der Weide, die Saint-Polar mitgebracht hatte, und ihre klare, jubelnde Stimme begleitete die leisen Auf- und Abschwünge, die Primavera aus gewisser Entfernung beargwöhnte.

Bis ich mir bewußt wurde, daß mit dem kleinen Schaukelbrett und den vier Stricken der Einstieg über meine Mauer bereits gelungen war, hatten wir uns schon viele Tage an das Leben mit Saint-Polar gewöhnt. Er hatte sich eingestellt, er war da, als wenn er schon lange dagewesen wäre und als hätten wir seit eh und je genauso zu dritt wie zu zweit leben können. Ich ließ sie sogar spazierengehen, manchmal ging ich mit, manchmal wartete ich auf ihre Rückkehr nach Hause. Sie gingen mit Primavera an der Marne spazieren, die Sonne stand tief und wärmte mit ihren letzten Strahlen den Sand auf dem Weg und die Bänke am Rand.

Saint-Polar kam jeden Abend aus der Stadt zu uns heraus, und ich wurde sehr schnell der Zeuge ihrer Gespräche. Ich hatte ihn eines Abends mitgebracht. Er arbeitete in einer Kanzlei in der Stadt und hatte mir in einer Vermögensangelegenheit geholfen. Er war Ende Dreißig, hatte eine frühe Ehe hinter sich und sah aus wie ein verspäteter Intellektueller der siebziger Jahre, nicht wie ein Anwalt. Seine Haare fielen bis über den Kragen. Er trug häufig Jeans und Hemden in verrückten Farben und breite Hosenaufschläge. Im ganzen wirkte er wie ein Exzentriker, nicht wie ein Etablierter. Er hatte eine winzige Wohnung in der Stadt aus den Trümmern seiner Ehe gerettet und auf der großen Terrasse ungefähr fünfzig Töpfe mit Pflanzen, die seine Frau ihm hinterlassen hatte. Die Concierge hatte einen Schlüssel zu seiner Wohnung. Sie begoß die Pflanzen regelmäßig nach Lust und Laune, und die Pflanzen gediehen wie in einem Treibhaus. Ab und zu lud Saint-Polar ein paar Leute zu einem kalten Büfett, Anwälte und Geschäftsleute, und er brüstete sich mit der üppigen Flut von Oleanderblüten, als sei er ein Sonderling, der seine Zeit mit Blumenschere und -draht auf seiner Terrasse verbrachte.

Wenn ich an diese Gespräche zurückdenke, die sie Abend für Abend bis tief in die Nacht auf unserer Terrasse führten, erinnere ich mich an endlose Wetterberichte. Die Wetterberichte scheinen mir heute wie Metaphern ihrer seelischen Verfassung, wie endlose Höflichkeiten zwischen Menschen, die über ihre eigentlichen Gedanken und Gefühle nicht sprechen können, wie ein neuerfundenes Spiel zwischen Kindern mit Wolken und Regen und ansteigendem Wasserspiegel in der Marne, mit späten Mükkenschwärmen und feuchten Nächten. Die Gespräche, die sich Abend für Abend wiederholten, waren wie ein verschlüsselter Code, den niemand knacken konnte, weil er keine Botschaft verbarg. Sie redeten über Cumuluswolken und in der späten Hitze neu ausgebrütete Insekten, sie redeten über Luftspiegelungen im Septemberlicht und Wasserspiegelungen im Fluß, als sprächen sie Wetterberichte im Fernsehen nach. Postimpressionistische Bilder. Diese Dialoge hätten ein Musterbeispiel dafür sein können, daß zwei Leute, die sich nichts zu sagen haben, zum banalsten

Thema greifen, das es gibt, um nur weiterreden zu können, weil sie sich anziehen.

Die Bank war jetzt häufig leer. Equilibre blieb fast immer auf der Terrasse und döste, träge und ohne ein Buch in der Hand, dem Abend entgegen. Sie hatte nichts verraten, auch wenn es gleich klar war, daß Saint-Polar die Bank für ziemlich unbequem hielt. Aber er war zu höflich, um sofort eine grundsätzliche Kritik anzumelden. Er blickte nie in Richtung der Bank, wenn wir auf der Terrasse saßen, und wir verbrachten so lustige Abende dort, als hätten wir Equilibres Jugend zurück, leerten ganze Cognacflaschen und gingen auf den Händen. Aber manchmal verzog sich sein Gesicht, als hätte er in eine bittere Zitrone gebissen und als verdürbe ihm ein unbewußtes Ressentiment den Genuß dieser Abende. Vielleicht litt er schon jetzt unter der Rolle des Dritten, unter der Rolle eines Leidens-Spießers, der die bitteren Tropfen von Vorwürfen und Anklagen schlucken müsse, die er selbst produzierte. Er kam abends manchmal schon gegen sechs, häufig erst später, er hatte dieses exzentrische Aussehen, und die Tageszeit seiner Leidenschaft war nicht die Nacht. Seine Tageszeit war der verlängerte Tag, die in den Abend verlängerte Helligkeit, die Freuden der Liebe. So fing es an, ein heiterer Frühherbst. Auch er war nichts weniger als ein Verführer, und noch bevor ich Equilibre damit neckte, daß wohl sie der Grund für sein tägliches Erscheinen war, war zu erkennen, daß er Equilibre nicht mit Blitz und Donnerschlag aus der glücklichen Eintönigkeit ihrer Tage herausholen würde. Er zog sie langsam, ganz langsam weg durch die Intensität, die er einem kleinen Erlebnis verlieh, einem Mückenschwarm in der Nacht, einer überlaufenden Sektflasche, einer Schaukel in der Weide, einer Wetterdiagnose, die den Früchtestand der Mirabellen festhielt. Er zog sie nicht in ein Netz von Sätzen, von Übereinstimmungen und von Komplizenschaft. Sein Erscheinen am Abend entwickelte einen lautlosen Sog, gerade weil er so selbstverständlich unser ständiger Besucher wurde.

Natürlich gab es einen Rahmen, natürlich gab es neben den scheinbaren Belanglosigkeiten ein Geplänkel unter Männern um die 35-Stunden-Woche, die Globalisierung, die Cohabitation. Natürlich ereiferte sich auch Equilibre in der Debatte über die Zustände in der Banlieu, über frustrierte Araberbanden, die die Autos von kleinen Lehrern verbrannten oder die RER unsicher machten. Und natürlich gab auch Madame Tourmel, die im Osten in Maison Alfort wohnte, ihren Kommentar dazu. Nein, sie sei kein Rassist, aber die Araber seien von Natur aus aggressiv. Man könne seine Töchter nicht mehr allein auf die Straße lassen, die Araber verwandelten die Vorstädte, die Schulen und öffentlichen Plätze in ein Kriegsfeld, die Araber, nicht die Schwarzen. Die Araber seien Fanatiker, die Schwarzen wären friedlich und träge. Der Staat müsse etwas tun. Madame Tourmel war der Sprecher der aktuellen Stimmung. Das beunruhigte Volk rief nach dem starken Staat, nein, Rassist war niemand, aber die arabischen Einwanderer provozierten den Bürgerkrieg. Chirac und Le Pen setzten das Thema der öffentlichen Sicherheit auf den ersten Platz ihrer Parteiprogramme mit verschiedenen Begründungen. Equilibre zog kurzerhand ein Resümee: In Krisenzeiten schaffe der Ruf nach dem starken Mann im Staat immer den neuen Faschismus, sie regte sich auf über die Verdoppelung der Polizeikontrollen in Paris, das Erscheinen von Sicherheitstrupps in der Métro und über den Ruf nach Wiedereinführung der Todesstrafe. Auch die Vollstreckung der Todesstrafe begründe sich in einem Denken der Abschreckung und Vergeltung. Beides sei von der Rechtssprechung seit dreißig Jahren als Mythos erkannt, und dennoch bräche der Rachedurst verstörter Kleinbürger wieder in das Geschrei nach falscher Gerechtigkeit aus: für Mord den Tod.

Das war der Rahmen dieser bösen Gespräche, und Saint-Polars Gewinn war, daß er sich genauso wie Equilibre zugleich in die Wetterlage versetzen und über spät im Jahr ausgekrochene Larven debattieren konnte.

Und dies war vielleicht sein Nachteil: daß er Primavera mit Vorsicht, mit Desinteresse begegnete. Wenn wir auf der Terrasse am runden Tisch saßen und der Abend erst spät über das Dach des Hauses heraufzog, lag Primavera immer in der Nähe. Sie liebte den kühlen Stein genauso wie den kühlen Rasen, manchmal machte sie eine Runde durch den Garten und kam nach einer Viertelstunde zurück, sie war so gesellig, daß sie stundenlang bei uns lag, ohne uns je zu stören.

Saint-Polar fing vorsichtig an, größere Unternehmungen zu planen. Er sprach von Ausflügen aufs Land, von Galeriebesuchen, von Theater, die Saison hatte begonnen. Philippe Noiret und Jean-Claude Brially feierten am Montparnasse und an den Champs-Elysées Triumphe mit dreistündigen Monologen. Geht nur allein, sagte ich, wenn es ein Tag war, an dem Madame Tourmel auf Primavera nicht aufpassen konnte, geht nur allein, ich gehe dann Sonntag in die Matinee. (Selbst solche Unternehmungen zogen sich hin. Die Fahrt in die Stadt dauerte mehr als eine Stunde, das Anstehen an der Kasse, um die reservierten Karten abzuholen, eine weitere, das Stück zwei bis drei Stunden. Die Rückfahrt konnte sich tief in die Nacht verzögern, weil kein Taxi zu bekommen war oder man in einer Bar hängenblieb, um nur einen Whisky, natürlich nur einen, zu trinken.) Wir hatten nur Madame Tourmel, um Haus und Hund zu hüten. Es rächte sich ein wenig, daß wir die Familie abgeschafft hatten, der man einen Hund, das Rosensprengen, das Blumengießen und das Postkasten-Entleeren hätte aufbürden können.

Also doch Theater, Galerien, Ausflüge? Primavera könne im Auto bleiben, sagte Saint-Polar, wenn wir in eine Galerie gingen. Sie könne mit aufs Land fahren, und die meisten Restaurants ließen Hunde doch zu. Bei dem Wort Restaurant wurde er ein bißchen reserviert. Ich glaube, er neigte zu der Ansicht, daß Hundeliebhaber nicht recht zurechnungsfähig seien und daß mit ihnen nicht zu reden sei. Er fand das ganze Theater um Primavera ein wenig närrisch, als Exzentriker hätte er besser verstanden, daß man einen Butler anstellt, um ein Dutzend vornehmer Windspiele auszuführen. Wir waren keine Exzentriker, zumindest unser Lebensstil war recht einfach. Eine Weile dachte ich, er sei eifersüchtig auf Primavera. Einmal rutschte ihm heraus, wir trieben es schlimmer als Leute mit einem Baby. Aber dann merkte ich, daß er schon jetzt die Rolle des jungen Liebhabers angezogen hatte und keine Beschränkung gelten ließ. Es war das alte Lehrstück über die Ehe, die sich auf Verstehen gründet, und über die Leidenschaft, die keinen Aufschub duldet. Auch ich fühlte mich zuweilen behindert durch unser Leben mit Primavera. Aber hatte ich nicht viele Schauspielerinnen gekannt, die ihr Hündchen sogar mit auf Tournee nahmen? Ich nahm es ernst, daß Equilibre ihr Hündchen keinen fremden Händen überlassen wollte. Zu sehr hatte sie selbst unter der willkürlichen Behandlung von Kinderschwestern und Gouvernanten gelitten, bei denen ihre Eltern sie gut aufgehoben glaubten.

– Immer ist der Hund dabei, hörte ich Saint-Polar eines Abends sagen. Nie kann man mit Ihnen allein sein. Der Hund ist wie ein Chaperon, der immer zwischen Ihnen und den anderen steht. Der vorwurfsvolle Ton, in dem er diese Sätze hervorgestoßen hatte, schien Equilibre zu rühren. So gern möchten Sie mit mir allein sein, sagte sie leise. Aber Primavera ist kein Chaperon, sie weiß nicht einmal, wie sie ihre eigenen Knochen hüten soll, und sie könnte mich auch nicht verteidigen. Chaperon, Anstandswauwau oder wie die noch bösartigeren Bezeichnungen lauten mögen, sie ist einfach an mich gewöhnt wie an jemanden, der sie beschützt und ihr einen kleinen Raum zum Leben läßt. Sie weiß nicht einmal, wie gut sie Ihnen steht, sagte Saint-Polar. Sie ist nicht die reproduzierbare Variation der Dame mit dem Hündchen, die rätselhaft und einsam an den Ufern der Marne spazierengeht. Aber Sie sind doch böse, sagte Equilibre leise und ein wenig bittend. Sie sind böse, daß wir alle Ihre Pläne nicht verwirklichen können, Sie sind böse, daß wir ein altes, stilles Ehepaar sind und nicht mit Ihnen an die Côte d'Azur fahren können. Sie sind böse, weil Sie es sich so schön vorgestellt haben, unsere Reisen, alte Hotels in Cap d'Antibes, wenn die Saison vorbei ist, und diese seltsame Trias einer jungen Frau mit zwei Männern. Der Ehemann als Gentleman im Hintergrund, der Jüngere als aufmerksamer Begleiter, Sie sind doch böse.

Eine Weile war es still auf der Terrasse, aber ich zögerte noch, wieder zu ihnen zu stoßen, weil ich nicht sicher war, ob das Gespräch schon zu Ende war. Primavera ist wie das klassische Haar in der Suppe, diese Winzigkeit, an der man erstickt oder sich verschluckt, obwohl die Suppe von einem Fünf-Sterne-Koch stammt. Pause. Es ist niemals gut, sagte sie leise, wenn man in Gedanken zu sehr über einen anderen verfügt. Die heilige Unschuld, dachte ich, er muß es, wenn seine Liebe nicht aus dem Zeitalter der Troubadoure stammt und lange Klagen erfindet über die Unerfüllbarkeit seiner hoffnungslosen Gefühle, weil die hohe Dame unerreichbar ist. Heilige Unschuld, dachte ich, weißt du, daß die Liebe in der Vorstellung immer zu weit geht und in der Realität immer über die Freiheit des anderen verfügt? Und daß vernünftige Vorhaltungen, daß die Freiheitsräume des anderen zu respektieren sind, nichts nützen.

Equilibre hatte ihre Beschäftigungen aufgegeben. Sie hatte sie langsam aufgegeben, nicht von einem Tag auf den anderen, und ich weiß nicht, ob sie sie nicht schon aufgegeben hatte, bevor Saint-Polar ins Haus kam. Sie dachte nicht mehr an den Garten, saß nicht mehr über

Porzellan, sie schien nicht interessiert an Vernissagen oder Einladungen, und sie spielte kaum noch Klavier. Die Bücher lagen aufgeschlagen tagelang auf derselben Seite, und die Lektüre einer kleinen Erzählung von einem Deutschen aus dem 19. Jahrhundert, *Mozart auf der Reise nach Prag,* kam nicht weiter als bis zu der Stelle, wo das Wort »Pomeranzenbäume« auftaucht. Das Büchlein hatte ihr eine kindliche Freude bereitet, weil darin von einer Lorbeer- und Oleander-Allee die Rede war, und sie hatte mir manches Mal von Mozarts üppigen Gelagen und Kaffeehaus-Rechnungen erzählt, von der Schaustellung italienischer Jongleure, vom Spiel mit Orangen wie mit Bällen. Siehst du, hatte sie gesagt, so ist den Deutschen die Pomeranze zwar immer noch ein Bild für den heiteren Süden, doch nicht nur der Ruf, mit dem Geliebten nach Arkadien aufzubrechen.

Equilibre war nicht apathisch, aber beschäftigungslos. Beschäftigungslos wie eine verliebte Frau, die ihren Hirngespinsten in den Tag hinein nachträumt. Sie trug ihr Haar jetzt immer aufgesteckt, offene Fransen fielen ihr wie ein Helm über die Schläfen und gaben ihrem Profil etwas Kühnes und Scharfes. Mit einem Sprung war sie um Jahre älter geworden, und ihr Mund war jetzt immer mit einem heftigen Rot geschminkt. Zerstreut warf sie Primavera ihre Bällchen und erhob sich nicht, wenn die sie in einiger Entfernung von ihrem Liegestuhl liegenließ. Sie wartete den ganzen Tag auf Saint-Polar. Wenn er aber kam, benahm sie sich wie ein pubertäres, schlechtgelauntes Mädchen und wie eine junge, ein wenig anämische Frau zugleich, die an allem herummäkelt. Eines Abends hatte sie eine Terrine aufgetragen mit einem kleinen Geflügelragout mit Pilzen, das Madame Tourmel vorbereitet hatte. Sie hing sehr an dieser Terrine wegen des Dekkels, der einen Griff in Form einer großen roten Pflaume hatte. Sie ließ den Deckel fallen, und nur irgendein Küchengott des Porzellankitts verhinderte, daß er zu Bruch ging. Schmeiß sie raus, schrie sie, schmeiß sie endlich raus, sie hat schon wieder zu viel Lardon an die Sauce getan. Ich will diese Kleinbürgerküche nicht mit ihrem ewigen Speck. Schmeiß sie raus, ich habe es ihr hundert Mal gesagt.

So unbekümmert sie sich ihrer Untätigkeit und ihren Träumereien hingab, so sehr schien sie in Madame Tourmel den Spion ihrer geheimen Gedanken zu fürchten, den sie in mir nicht sah. Und vielleicht, so absurd es klingen mag, hatte sie gleich, mit der Hellsicht der Eifersucht, eine Rivalin gewittert, die meist hinter den Kulissen blieb, die aber von Saint-Polar an einem frühen Samstagnachmittag, den wir mit zwei Flaschen Champagner eingeweiht hatten, mit einem Handkuß begrüßt worden war. Eine klassische *femme de ménage* hätte sich vielleicht ein wenig geziert, ob drastisch, wie in der Küche der Dienstboten, oder ob vornehm, wie in den Zimmern der Besitzer, sie hätte gesagt, oh, Monsieur, Sie haben ein wenig getrunken. Madame Tourmel behielt ihr weißes ovales Gesicht und rauschte mit ihrem schwarzen Knoten im Nacken wieder hinaus, und Saint-Polar sagte, sie habe die Würde einer Madonna in der Küchenschürze.

Der Deckel von der Terrine war ganz geblieben, und in einem jähen Umschwung der Stimmung, den ich zum ersten Mal an ihr bemerken sollte, setzte Equilibre eine witzige Miene auf und unterhielt uns mit einem köstlichen kleinen Vortrag über die *Haushälterin.* Eine Haushälterin, wißt ihr, ist wie eine Concierge, wie jemand, der in einer Loge sitzt, in die man hinein- und aus der man hinausgehen kann. Die Tür steht offen, und zu bestimmten Zeiten kann jeder über die Schwelle. Eine Haushälterin ist wie die Loge einer Concierge, ist wie eine offene Geschichte. Man geht hinein, man geht hinaus, und man kennt weder ihren Anfang noch ihr Ende. Inzwischen aber hat man viele schöne Dinge gesehen. Briefe, die sie hütet, Schlüssel, kleine Lieferungen für die Mieter, ab und zu eine Katze oder einen Papagei, der für ein paar Stunden bei ihr abgestellt wird, kleine Blumensträuße, Weinflaschen und Kuchen, die als Geschenke auf ihrem Kamin prangen. Eine Haushälterin ist wie eine Concierge, die Mitglieder der Familie, für die sie arbeitet, sind die Mieter. Man sieht das Rührei, das sie sich in der Küche bereitet, die Topflappen oder Staubtücher, die sie nach der Arbeit gewaschen hat und auf einer Leine vor dem Küchenfenster trocknet. Gibt es eine einzige *femme de ménage,* die es nicht schaffte, ihre kleinbürgerliche Ecke noch im hochherrschaftlichen Haus einzurichten? Natürlich gibt es Perlen, die Perlen tragen und zum selben Friseur gehen wie ihre Arbeitgeberinnen, und, wenn sie Freunde einladen, die Gerichte nachahmen, die sie bei ihrer Familie gelernt haben. Natürlich gibt es Perlen, die Leute an der Tür abwimmeln und von eigener Diskretion sind, weil sie sich mit dem neugierigen Pack in der Straße nicht einlassen wollen. Vielleicht tragen sie klassische

Hemdblusen und halten große Stücke auf das Haus, in dem sie arbeiten. Aber wie sollen sie große Stücke auf etwas halten, das seine Geheimnisse, von der Bettwäsche bis zu Geldabrechnungen und dem Sitzenbleiben des jüngsten Sohnes, so offen vor sie hinlegt? Perlen, Zuchtperlen, Kunstperlen, echte Perlen, Plastikperlen. Tragen sie Hemdblusen, wirft man ihnen vor, sie sängen das Lied derer, die ihnen Brot geben. Bei den anderen gibt es all diese kleinen Dinge, die sich einschleichen. Lustige Plastiktiere am Küchenvorhang, ein Handy mit buntem Schonbezug, Pantoffeln in der Vorratskammer, ein laufendes Fernsehprogramm und ein Bügeltisch im Salon. Plötzlich gibt es in Bädern Leinen wie in Waschküchen und Wäsche zum Trocknen. Die hübschen Papierkörbe aus Rohr sind mit Plastiktüten für den Abfall ausgelegt, die Weinkaraffen stehen, mit einem Kochlöffel abgestützt, umgedreht auf der Kippe zum Austrocknen. Die Dinge haben ein Eigenleben, und auch die früher Domestiken genannten Angestellten lassen sich nicht mehr domestizieren, und plötzlich hängt eine gelbe Schürze mit roten Karos an der Garderobe im Vestibül.

Ich stand auf, ging an die Garderobe, fand unter einem leichten Regenmantel eine Schürze und band sie mir um. Dürfen wir heute unsere Lasagne selbst bereiten? Und umgekehrt eine feine Tasse aus Sèvres-Porzellan in der Küche benutzen zum Kaffeetrinken.

Saint-Polar und Equilibre konnten sich nicht halten vor Lachen. Ihr seid hart, sagte Saint-Polar, unbarmherzig wie die Snobs vom Linken Ufer. Seid froh, daß ihr jemanden gefunden habt, der pünktlich kommt und dem auch sein Wochenende nicht zu heilig ist, um eure Gäste zu bedienen und das Geschirr wegzuräumen. Ihr seid hart, und letzten Endes stehen bei euch nicht nur die Schürzen der Haushälterin, sondern auch ihr Parfum wie auf der Bühne.

Ja, sagte Equilibre, und deine Jeans und deine gestreiften Hemden auch, denn seit kurzer Zeit duzten sie sich. Daß sie sich duzten, war wie ein Spiel mit versteckten Worten, denn fast wirkte das Du gleichgültiger als das formellere Sie. Trotzdem drang dieses Du von Saint-Polar plötzlich mit der banalsten und am häufigsten grundlos von Liebenden repetierten Frage in Equilibre, wenn er sie fragte, was denkst du? Das waren zweiminütige Intermezzi, um blitzschnell eine Intimität herzustellen, als drehe sich die Bühne auf Knopfdruck. Kaum war ich aufgestanden, um eine neue Flasche oder einen Aschenbecher zu holen, hörte ich schon das leise drängelnde: Was denkst du? Natürlich konnte Equilibre in diesen wenigen Minuten, die sie allein waren, nichts sagen, und es fehlte nicht lange, daß Saint-Polar fand, sie zöge eine unsichtbare Mauer um sich. Sie ließe niemanden an sich heran. Und obwohl sie sich in diesen kurzen Unterbrechungen unserer gemeinsamen Abende nichts sagen konnten, kam die Frage wieder: Was denkst du?

Auch Saint-Polar unterlief also der Fehler, mit der banalsten aller Fragen den Liebesdialog zu eröffnen. Er konnte nur ein Echo erwarten und keine Antwort, und das bestätigte selbst komplizierte Verhältnisse, die Beteiligte nicht davor schützen, in die Niederungen der gewöhnlichen Paare abzustürzen. Ist es nicht ein kleines

Lehrstück über die Unerreichbarkeit eines anderen, wenn der genarrte Verliebte wie in einem einsamen Wald nur das Wechselspiel der Frage hört: Was denkst du, was denkst du, was denkst du? Ich hätte mich freuen können, mit dieser Frage zeigte sich Saint-Polar als ein emotionaler Vielfraß, der es nicht lassen konnte, die Aufmerksamkeit von Equilibre an sich zu fesseln, obwohl sie doch so viel besser mit seinen Wetterberichten oder mit der Geschichte eines kleinen juristischen Falles zurechtkam.

Saint-Polar war mein Gegenspieler, und er war ein perfider Perfektionist, wenn es darum ging, Equilibre keine Sekunde Atem holen zu lassen. Er hatte eine romantische Konzeption von der Liebe. Sie legitimierte sich allein durch das Gefühl, und wenn er auch noch nicht wiederholte, ich bete dich an, so war er in der Verfolgung und Okkupation seines geliebten Objektes desto gründlicher. Nichts wäre ihm so fremd wie Unregelmäßigkeiten und Unvollständigkeiten. So bereitete ihm die Asymmetrie unserer beiden Weiden im Garten ein tiefes Unbehagen, die echte und die aus Metall, und seine kleine Schaukel hing in der linken wie ein Eingeständnis seiner Unzufriedenheit. Die Mauer um den Garten dagegen genügte seiner Vorstellung von Perfektion in der Liebe. Und sie bot die Möglichkeit, sie zu überwinden. Einerseits hatte er sie schon überwunden, und andererseits mußte er sie noch überwinden. Der perfekte Liebhaber mußte durch die Mauer gehen und Equilibre durch die Mauer herausführen.

Oft, wenn er sein Auto auf der Straße parkte, ging ihm Equilibre entgegen. Sie ging bis vors Gartentor, und manchmal standen sie einen Moment zusammen, während die lange leere Straße sich in die Ferne ausrollte, ohne einen Horizont zu erreichen. Ich sah sie manchmal, wenn ich den Kopf aus dem Fenster im ersten Stock streckte, ich sah sie da stehen und hatte, wie in einer verrückten Filmsequenz, die Szene vor Augen, daß sie sich, anstatt ins Haus zu gehen, umdrehten, in sein Auto stiegen und ohne Gepäck und ohne Abschied ins Unbekannte verschwänden.

Aber derjenige, der zunächst die Flucht ergriff, die Flucht vor diesen regelmäßigen Abenden und diesem endlosen September, war ich. Ich suchte, zum ersten Mal in den fünf Jahren unserer Ehe, einen Vorwand und verschwand für ein paar Tage. Angeblich, um an einem Kolloquium teilzunehmen, auf dem die Rolle des *Anderen* in der Philosophie diskutiert wurde. Ich besuchte das Kolloquium nicht, ich ging durch die Straßen von Caën, wo es stattfand, ich lief durch kasernierte, wiederaufgebaute schnurgerade Zeilen und dachte gar nichts. Nicht, ob das Haus nun leerstünde und Equilibre ihre Tage auf der Terrasse bei Saint-Polar verbrächte, nicht, ob die Tage und Abende in unserem Haus weiter verliefen wie vorher und Equilibre, da sie allein war, bei Tag mit Madame Tourmel vertrauliche Gespräche führte. Wenn ich überhaupt an das Haus dachte, fiel mir jene lustige Vorführung von Equilibre ein, bei der sie die Schürze und die Wäscheleinen, die praktischen Neuerungen Madame Tourmels, als Zeichen des schleichenden Untergangs unseres Hauses genommen hatte. Als einziges Symbol meiner Bedrohung stellte ich mir eine Zigarettenschachtel vor, die neuerdings, während einer Arbeitspause von Madame Tourmel, auf der Terrasse auf dem Tisch lag. Es war eine goldene Zigarettenschachtel, die englische Marke von Equilibre, und nur das türkisgrüne Plastikfeuerzeug daneben zeigte mir, daß Madame Tourmel weiter Terrain gewonnen hatte.

Nach ein paar Tagen kam ich wieder. Womit ich niemals gerechnet hatte: Die Mauer hatte in bedrückender Weise gehalten. Sie stand noch immer da wie ein Monument der Liebe als die Idee der Perfektion. Equilibre war braun geworden in diesen Tagen, weil die Markise repariert werden mußte, und kam mir freundlich und fahrig entgegen. Denn die Mauer, die gehalten hatte, war die Unbeständigkeit der Gefühle, die bei manchen Liebespaaren eine Notwendigkeit zu sein scheint. Kaum war ich weg, hatte ich im empfindlichen Gleichgewicht ihrer Abende gefehlt. Sie konnte nicht so weitermachen wie vorher und konnte nichts Neues anfangen. Einmal fand Equilibre einen Vorwand, ein anderes Mal Saint-Polar. Und so hatten sie sich kaum gesehen und wichen sich aus und quälten sich mit Launenhaftigkeit, ließen das Telephon klingeln oder riefen überhaupt nicht an. Als ich zurückkam, war es für beide eine Befreiung, und nachdem wir einen langen Abend mit den alten Gesprächen und Späßen verbracht hatten, verschwand Equilibre am nächsten Tag zum ersten Mal am späten Vormittag in die Stadt, und ich fragte nicht einmal, ob sie zum Friseur oder zum Zahnarzt ginge.

– Nein, ich glaube nicht, daß es geht.

Pause.

– Nein, es läßt sich nicht machen.

Pause.

– Aber was denkst du?

Pause.

– Ich bin noch nie weggefahren.

Pause. Leichtes Gelächter.

– Du tust so, als wäre ich dein Spielzeug.

Pause.

– Ja, vielleicht läßt es sich machen.

Pause.

– Du machst dir Illusionen.

Pause.

– Aber sieh doch, es ist so schwierig, wir sollten es aufgeben.

Pause.

– Was sagst du? Ein kleines Hotel in der Champagne?

Pause.

– Aber ich kann nicht so einfach fort.

Pause. Neckisch.

– Nur einen Tag, nur zwei Tage oder auch drei?

Pause.

– Du bist ein Faß ohne Boden. Erst gestern war ich bei dir.

Pause.

– Ich müßte mir etwas ausdenken.

Lange Pause. Klagend.

– Ich hasse diese Heimlichkeiten. Und ich hasse auch diese kleinen Hotels irgendwo auf dem Land.

Pause. Schluchzen.

– Ich kann so nicht weitermachen. Diese ewigen Lügen, dieses ewige Versteckspiel. Du bist so gründlich. Du bist so entsetzlich gründlich.

Pause.

– Du bist so gründlich wie jemand, der sich vorgenommen hat, eine Liebe bis zum Ende zu spielen, die er doch fühlt.

Pause.

– Mit all den kleinen Hotels, mit einem Kaffee zwischen Tür und Angel, mit dem stundenlangen Warten in deiner Wohnung, bis deine Paragraphen dich aus ihren Fängen lassen...

Pause.

– Aber ich weiß, was auf dem Spiel steht.

Pause. Leise.

– Aber ich habe alle Geduld der Welt.

Pause.

– Nein, du bist so gründlich. Du liebst nicht nur mich, du liebst die Liebe, und du liebst die Illusion der Liebe, aber du bist so gründlich, daß du nicht wissen willst, daß du die Illusion der Liebe oder die Liebe oder beides mehr liebst als mich.

Pause.

– Doch, ich weiß, daß du mich liebst.

Pause.

– Du willst mich nicht verstehen.

Pause.

– Deine Liebe, du nennst sie Passion.

Pause. Kichert.

– Ich habe noch nie gehört, daß jemand eine Passion zu einer Frau hat, weil sie einen kleinen Leberfleck unter der Brust hat.

Lange Pause. Summt.

– Leberfleck, Leberfleck, Leberfleck.

Pause.

– Aber es wird herrlich werden. Wir können durch die Felder und Reben gehen. Vielleicht sind noch Trauben dran.

Pause.

– Ja, Primavera…

Pause.

– Ich, ich dächte nie an dich?

Pause.

– Ich lasse sie bei Soudain. Sie wird ihm Gesellschaft leisten.

Pause.

– Das ist aber nur am Wochenende.

Pause.

– Ach, es wird herrlich werden. Der Herbst ist so schön, gerade in diesem Moment.

Pause.

– Ach, es wird herrlich.

Es war mir nicht neu, daß Saint-Polar gerade kleine Unregelmäßigkeiten in Equilibres Gesicht mochte, den Zahn, der ein wenig schief stand, die winzige Narbe über ihrer linken Augenbraue, die sie sich geholt hatte, als sie als Kind von der Schaukel fiel.

Ein böses Sprichwort warnt davor, Gespräche unter

Liebenden anzuhören, weil sie sich tiefer ins Gedächtnis bohren als ein Holzwurm in ein altes Möbel. Ich hörte Equilibre dort unten reden am Telephon, und ich weiß nicht, warum ich weiter zuhörte, es war kein Wissenwollen, es war keine Neugierde, es war so, daß ich gar nicht begriff, was ich hörte, und bei meinem Platz blieb wie ein Idiot, dem man sagen muß: Beweg dich. Ich war ein Idiot, und ich hätte brüllen können wie ein Ochse, den ein Holzwurm oder eine Viper oder eine Bremse oder ein Stich von furchtbarer Langsamkeit ins Fleisch trifft. Ich hatte begriffen, daß Saint-Polar auf absurde Weise mein Nachfolger geworden war, wenn die Unregelmäßigkeiten in Equilibres Gesicht auslösten, daß er von ihr hingerissen war.

Meine armselige kleine Gartenmauer – auf wie unvorhergesehene Weise wurde sie jetzt zum Schutz und zum Fluchtpunkt für Equilibre. Als klage sie mir und der Mauer ihre Leiden, flüchtete sie sich verschreckt in eine Ecke, die vom Haus aus nicht zu sehen war, eine verfolgte Nymphe, die der Wucht männlicher Begierde nicht gewachsen war. Aber lange konnte meine Mauer Equilibre nicht schützen, denn sie war dem Paradox des Liebens längst ausgeliefert. Das Paradox hieß, keine Grenzen ihres Gefühls zu dulden und in die Unendlichkeit aufzubrechen, zugleich in den Grenzen zu bleiben und die Unendlichkeit ihrer Wünsche wie die Straße vor der Tür auszusperren.

Sie fuhren in das kleine Hotel in der Champagne, ich vermute es, auch wenn ich keine Rechnungen fand oder andere Beweise. Nicht einmal Photos. Ich marterte mir nicht den Kopf mit Vorstellungen von herrlichen Weinfeldern und der Einsamkeit der beiden, aus der ich ausgeschlossen war. Auch Saint-Polar war ein Pathetiker der Liebeseinsamkeit, und er führte Equilibre nicht in fremde Städte, sondern ans Meer, in den Wald, an einen See, wo die Einsamkeit unendlich und unerreichbar für die anderen war. Sie ließen mir Primavera, und als sie wiederkamen, hatte sich der Hund in einer verrückten Umstellung der Gefühle schon so an mich gewöhnt, daß er gern bei mir blieb und längst nicht mehr an der Tür lag, um auf Equilibres Rückkehr zu warten.

Nicht nur Primavera stellte ihre Gefühle scheinbar ohne jeden Grund um. Ein Psychologe fände wohl einen Grund: Equilibre hatte ihn verlassen. Wie sollte ich irgend jemandem erklären, daß Equilibre aus heiterem Himmel aus dem Gleichmaß unseres liebenswürdigen Alltags regelmäßig verschwand, um in kleinen Kostproben einer Verwirrung nachzugehen, vor der sie sich gleichzeitig fürchtete. Es mochte stimmen, was Saint-Polar mir später sagte, es war bei ihnen jener Blitz, an den er genausowenig glaubte wie jeder vernünftige Mensch. Wie ein Neuling durchliefe er alle Stadien einer quälerischen und überspannten Leidenschaft, als lerne er erst jetzt die Sprachen der Liebe. Und wie sollte ich schließlich irgend jemandem erklären, daß ich versuchte, kein Zeuge ihrer Gespräche und ihrer Gesten zu werden, daß ich aber der Beobachter blieb, dem alles vor Augen ablief, als stünde er unter einer leichten Betäubung, die wie manche Vergiftung auch klarsichtiger macht. Ich hätte mir sagen können, daß beide wie zwei Würfel waren, die im Moment ihrer Begegnung bei einem Wurf die gleiche Zahl zeigten. Beide waren so ernst wie Kinder, so tragisch und so komisch wie Clowns in einer Manege mit falschen Instrumenten, und sie waren weit entfernt von jenem schmerzfreien Zynismus, der sexuelle Affären wie Champagner im Sonderangebot konsumiert. Wenn die Liebe ein Zufall ist und nicht die Folge einer Wahl, dann hatten wir in jenen schönen heißen Spätoktobertagen den seltenen Fall eines Doppelzufalls.

Für eine kurze Weile waren die beiden im Gleichgewicht. Saint-Polar kam weniger ins Haus. An drei aufeinanderfolgenden Wochenenden waren sie verschwunden, und ich glaube nicht, daß sie ihre Einsamkeit schon verließen und Equilibre sich an Saint-Polars Seite seinen Pariser Bekannten zeigte. Einmal hatte ich mich so in die Vorstellung versenkt, daß Equilibre in Saint-Polars Appartement die Rolle der kleinen, unbekannten Geliebten spiele, daß ich laut auflachte, als ich sie mit ihrem hochaufgesteckten Helm und einer kleinen Schürze in Saint-Polars Junggesellenküche in einem Topf rühren sah. Ich weiß nicht, was sie Madame Tourmel sagte, wenn sie montags später als diese im Haus eintraf. Meistens ging sie zuerst ins Bad und verbrachte eine geschlagene Stunde damit, im Badesalz zu liegen und sich die Anstrengungen des Wochenendes von der Haut zu waschen oder ihnen ungestört nachsinnen zu können. Madame Tourmel fing montags immer in den Zimmern im ersten Stock an, und ich war nie versucht, Equilibres Bett zu zerwühlen, um den Anschein zu erwecken, sie hätte zu Hause geschlafen. Ich weiß auch nicht, was sie Saint-Polar sagte, wo sie die drei oder vier Abende in der Woche, die sie im Hause verbrachte, schlief. Ich glaube, daß Saint-Polar von Anfang an der Realität nicht gewachsen war, die Equilibres Alltag ausmachte. Natürlich wollte er mit der Gefräßigkeit des Geliebten alles von ihr wissen, und ich bin sicher, sie hat ihm auch das Neuilly ihrer Kindheit gezeigt. Natürlich wollte er ihren Alltag verstehen. Er versuchte zu verstehen, warum Equilibre für mich, in einer Liebe, aus der er ausgeschlossen war, die Rolle des Modells für ein Gartenbild spielte. Aber seine eigene Vorstellung von seiner eigenen Liebe war wichtiger. Eine Liebe, die – ob er wollte oder nicht – nicht vom Verstehen des anderen ausging, sondern von der Passion, in der das magnetische Feld zwischen den Liebenden eine größere Rolle spielt als die Person des anderen. Nach Equilibres deutschem Philosophen schloß die Passion nicht aus, daß der Liebende durch Verstehen die Welt des anderen mitträgt. Nach demselben Philosophen war Saint-Polars Liebe ein Gebilde von Codes, in dem unaufschiebbare Begierde, Verzweiflung, Liebesschmerz, Selbstmord, Selbstaufgabe die rhetorischen Orte bildeten.

Diese Liebe, die von der Agitation lebt, frißt wie ein Brand, ist ein ununterbrochener Wechsel von Aktion und Reaktion. Es gibt kaum Pausen, kaum Ruhe. Sie nährt sich von Szenen, in denen der Verliebte seine Liebe inszeniert. Ich erinnere mich, daß Equilibre hinter verschlossener Türe nächtelang von Telephonanrufen bombardiert wurde, daß sie ihr Handy nächtelang unten in der Küche in eine Schublade sperrte und daß Saint-Polar am nächsten Morgen um neun Uhr früh bei uns erschien, übernächtigt und unrasiert, aber mit einem Zylinder auf dem Kopf, und uns zu einem letzten Picknick im Jahr abholen wollte. Die Zutaten hatte er in aller Frühe in einer Restaurantküche an den Hallen gekauft, die bis morgens geöffnet hatte. Seine Liebe duldete keinen Aufschub, auch wenn er den Ehemann mit zum Picknick ausführte, weil sich die Geliebte der dauernden Belagerung entzog und die Leitung zwischen ihnen gekappt hatte. Kein Aufschub, Ungeduld, hinreißende Liebenswürdigkeit und Phantasie. Er ließ für diesen Tag seine Geschäfte fallen. Wir fuhren nicht weit, vielleicht zwei Kilometer weiter, wo die Marne nicht mehr von Häusern umstellt war, und Equilibre, die gleich in ihrem Morgenmantel ins Auto gestiegen war, war unser Mittelpunkt, Quecksilber, Luftgeist, und entzückte uns mit den Possen, die sie in diesem überflüssigen Liebesdreieck so gut zu spielen vermochte. Bei diesem Hin und Her wurde Saint-Polar der Boden immer wieder entzogen, seine verzweifelten und überraschenden Auftritte zeigten, daß er seine Identität in diesem Dreieck nicht fand. Er fühlte sich durch Equilibre und mich in Frage gestellt, er schwankte in einem Vakuum, er hatte seine alte Identität verloren und suchte eine neue. Ich erinnere mich, daß er mir manchmal fast wie ein jüngeres Double vorkam. Hatte ich nicht auch in jenen Jahren ohne feste Beziehung solche Netze gespannt, über denen sich der immer wieder zündende Leerlauf abspielte, das Hin und Her der Leidenschaft, die nie von A nach B geht, sondern aus der kürzesten Strecke die längste Unerreichbarkeit des Zieles macht.

Bedenkt man, daß diese langen Herbstmonate im

Grunde nur wenige Wochen umfaßten, bis Saint-Polar an sein vordergründiges Ziel gelangt war – nämlich daß Equilibre mit ihm ins Bett gegangen war –, konnte von Unerreichbarkeit keine Rede sein. Wie schon bei mir, so wiederholte sich auch bei ihm, in verrückter Verdrehung der klassischen Bedingung, daß der physische Besitz einer Frau nichts war im Verhältnis zu ihrer seelischen Hingabe. Die Seele leistete Widerstand. Sie war der verkörperte Widerstand, da sie die Geschwindigkeiten der zeitgenössischen Kommunikation nicht übernahm. So wie ich nie daran gedacht hätte, von einer Geliebten die Vorspielung von Unschuld und Treue zu verlangen, so wäre Saint-Polar ein verrückter Anachronist gewesen, wollte er viel Wind um die Tatsache machen, daß Equilibre seit Jahren die täglichen Freuden des ehelichen Bettes genoß. Ich glaube nicht, daß er sie ausforschte, daß er in den primitiven Fehler verfiel, von ihr Vergleiche zu verlangen. Da er aber auf dem Höhepunkt seiner Verliebtheit angekommen war, wollte er sie auch für sich allein haben, und die beiden zerrieben sich an denselben Versprechungen, die so viele Dialoge zwischen Equilibre und mir genährt hatten. Ging es bei uns um: Ich glaube, ich glaube nicht …, daß du mich liebst, daß du mich gestern geliebt hast, vielleicht heute nicht, sicher morgen wieder …, so ging es bei ihnen um die viel perfidere, weil simplere Frage der Treue. Wieviel schwieriger scheint es, die Unwägbarkeiten der Liebesgefühle abzustecken als das Faktum der Treue festzuhalten. Equilibre hatte schon bei Madame Tourmel eine idiotische Anwandlung von Eifersucht gehabt und die alte Frage, mit der jeder einen Rivalen in

Gedanken bekämpft, spielte keine Rolle: Wer ist schon X verglichen mit mir selbst, und so fand ich sie öfter tränennaß wegen einer Bagatelle. Ein Kaffee, den Saint-Polars Sekretärin gebracht hatte, ein Abend im Hause eines anderen Anwalts, dessen Frau Saint-Polar gewohnheitsmäßig beim Sprechen die Hand auf den Arm legte, und schließlich bei uns ihre sogenannte Freundin, die Journalistin, die Saint-Polar vor dem Dessert heraus auf die Straße gebeten hatte, damit er sich ihr Auto ansähe, dem das Batteriewasser fehlte. Saint-Polar war das Freiwild für sämtliche Pariserinnen, Vorstadtweiber und Provinzlerinnen. Umgekehrt war Equilibre in ihren festen Mauern schwer erreichbar für andere Troubadoure, aber das Hindernis war ihr Verhältnis zu mir. Bist du geständig? Bist du treu? lautete das Echo auf die Zeichen der verliebten Versicherung. Aber ich glaube dir, sagte Equilibre, sei nicht albern. Natürlich bin ich nicht eifersüchtig, und Saint-Polar konnte sich nicht bremsen, mit der Nachricht herauszuplatzen, statistisch gesehen endet die Erotik der meisten festen Paare nach vier Jahren. So sprachen sie. So sprach die Liebe für einen Augenblick wahr, so wurde sie für einen Augenblick für wahr gehalten. Aber schon im nächsten Augenblick bezweifelt, als unwahr angeklagt und einem Prozeß sophistischer Plädoyers unterzogen. Wahr gesprochen und doch gewußt, daß die Sprechenden ein Abgrund trennt von dem, was wahr gemeint ist.

Ich hätte in dem Moment nervös werden müssen, in dem Saint-Polar seine Verantwortung für Equilibre entdeckte. Aber ich war zu sehr an sein gleichmäßiges Auftauchen und seine überfallartigen Einfälle gewöhnt, als daß ich vermutet hätte, er finge an, Equilibre im moralischen Sinn zu lieben. Eine Zeitlang zog er sich wieder auf den Posten des Freundes zurück. Seine plötzlichen Anrufe blieben aus, und er erschien wieder jeden Abend auf unserer Terrasse, häufig mit einem kleinen Geschenk für Equilibre oder mich, einem Buch, einer Blume, einer Zigarre. Es war dieses Mal keine Taktik, er machte sich wirklich Sorgen um Equilibres Zustand und fing zum ersten Mal an, laut über ihre Zukunft nachzudenken. Nichts ist schöner als eine Reihe von Jahren geschenkt zu bekommen, sagte er, aber irgendwann kommt der Punkt, an dem es vorbei ist mit dieser kindlichen Vorform des Lebens. Offensichtlich nahm er ihre Rolle als verheiratete Frau, die nicht im geringsten mit den Beschäftigungen im Haushalt belastet war, nicht ernst. Der Altersunterschied zwischen Equilibre und mir war für ihn der sichere Boden, um mir die Rolle des Vaters zuzuschieben, der seiner Wahltochter eine umherstreunende Jugend ermöglicht. Wenn ich fair bin, müßte ich seinen Standpunkt zumindest respektieren, auch wenn er selbst nur geringe fünfzehn Jahre älter war als sie. Wir lachten ihn beide aus wegen seiner tantenhaften Vorstellungen über die Zukunft und verbrachten ein Wochenende damit, Equilibres Begabungen unter die Lupe zu nehmen.

Mein Vater sagte immer, eine Frau, die Brot schneiden kann, kann man heiraten, sagte Equilibre. Im Grunde tauge ich nur zum Heiraten, ich kann Brot schneiden, ich kann einen Tisch decken, ich kann einen Kulturattaché empfangen, ich kann Madame Tourmel sagen, wie sie ein

Rôti de Veau machen soll, ich kann auf Vernissagen gehen, ich kann mich leidlich anziehen, und im schlimmsten Fall kann ich sogar unsere silbernen Kerzenleuchter selbst putzen. Ich protestierte, ein wenig in meiner Eitelkeit provoziert. Du kannst noch ein paar andere Sächelchen, du kannst Alberti oder Ungaretti aus dem Stegreif übersetzen und mir auf deutsch eine romantische Erzählung erklären. Und ich kann Chopin spielen, sagte Equilibre, und wir lachten über ihre aussichtslose Zukunft, aussichtslos, weil das einzige, was sie retten konnte, wenn wir verarmten, die Zuflucht zu den Kenntnissen einer höheren Tochter wäre, Fremdsprachen, Übersetzungen, Klavierunterricht.

Ich glaube, daß Saint-Polar uns in solchen Momenten wie eine gemeinsame Mauer empfand, in der er kein Loch entdeckte. Er sprach nicht mehr über die Gefahren, die drohten, wenn Equilibre sich eines Tages doch unausgefüllt fühlen sollte. Er sprach nicht mehr von Leere und Depression. Es hätte noch gefehlt, wenn er uns zu bedenken gegeben hätte, daß Equilibre irgendwann dreißig werden würde. Er fühlte sich allein, allein in seiner Sorge, Equilibre zu dem zu verhelfen, was man heute Selbständigkeit nennt, allein in seiner Passion, in der er, wie er uns vorwarf, zum Spielball unserer Grausamkeit geworden sei. Er klagte über seinen Schmerz, als wären wir zwei Fremde, und er erregte Equilibres Mitleid durch diese Klagen. So daß wieder ich fürchtete, sie sei drauf und dran, ihm in seine kleine Stadtwohnung zu folgen und Mutter eines Kindes zu werden, wenn es ihr an einem

Sinn des Lebens fehlen sollte. Doch während der ganzen Monate kam dieses Erpressungsmittel nie ins Spiel: ein Kind. Und unsere Grausamkeit bestand darin, daß wir ihn auslachten, wenn er uns wie ein höfischer Troubadour vorkam, der seinen Liebesschmerz als privilegiertes Mittel der Erkenntnis betrachtete. Aber er war kein Troubadour, der seine Leiden in Gedichte und Lieder umgoß, ob er sich einer bekannten Rhetorik bediente oder sie neu erfand. Psychisch war er ein Alltagsmensch und wußte nicht, wie fern Equilibre jeder Kult des Leidens war. Wir alle waren ebenso erhaben wie lächerlich. Aber es fehlte Saint-Polar an befreiendem Gelächter, um die Klammer, die ihn festhielt, zu sprengen. Er war wie jemand, der zeigte, sieh, wie ich leide, und die Maßlosigkeit, die darin lag, zog Equilibre gleichermaßen an wie sie sie abstieß. Ein bißchen wurde Saint-Polar unser beider Kind. Wir traktierten ihn mit Süppchen und Trostworten und bekamen doch nur den Vorwurf in Blicken und Gesten, daß wir beide zusammen waren, Equilibre und ich.

Wir machten einen neuen Versuch, und Saint-Polar zog in unser Gästezimmer, um die Badewanne, den Flur und den Herd mit uns zu teilen. Wir waren so naiv, alle drei, zu glauben, daß diese Nähe unsere Freundschaft festigen und seine Leidenschaft relativieren würde. Equilibre schnurrte wie eine Katze über diese neue Gemütlichkeit, sie hatte uns beide unter einem Dach und sprang in aller Frühe aus dem Bett, um Saint-Polar ein kleines Frühstück zu bereiten, bevor er in seine Kanzlei fuhr. Manchmal holte sie ihn in der Stadt ab, wenn er früh fertig war, mit einem Paket voller Überraschungen für den Abend.

Der Oktober war endlos und warm bis in die Nacht, und das zerstörerische Element, das auch aus dieser Passion nicht verschwand, tauchte in einer grotesken Verzerrung auf. Einer der älteren Teilhaber seines Büros starb über Nacht an Magenkrebs, buchstäblich über Nacht, denn Saint-Polar erfuhr erst auf der Beerdigung, daß der Tote seine Diagnose erst vor fünf Wochen erhalten hatte. Sie hatten ihm noch zwei Monate gegeben, und er hatte Magengeschwüre vorgeschützt und die wichtigsten Fälle vertagt, zu Hause bearbeitet oder an andere vergeben. Die Groteske war nun nicht nur die, daß Saint-Polar sofort den Alkohol und die Zigaretten aufgab. Eine neue Laune, dachten wir, die aber nicht vorüberging und uns die Laune verdarb. Wir waren weder Säufer noch Kettenraucher, aber plötzlich einen grämlichen Hypochonder am Tisch sitzen zu haben, der die schönsten, mit Pralinencreme gefüllten kleinen Makronen mit Mißtrauen beäugte, die Equilibre in einer wunderbaren kleinen Confiserie an der Madeleine gekauft hatte, war nicht erfreulich. Der Tod hat ihm den Magen verdorben, sagten wir, aber als Saint-Polar wieder rückfällig wurde und meinte, ein wenig Burgunder sei so gut wie Medizin, waren wir es, die sein Essen beäugten, als wären wir verpflichtet, ihm Schonkost zu bereiten, ein wenig Haferbrei oder eine fettlose Consommé.

So grotesk die ganze Geschichte war, in der ich als der Ältere den Stoiker gab und Saint-Polar den Märtyrer wider Willen, so hatte sich der Tod doch auf die Weise in unsere fröhliche Trias eingeschlichen, daß wir uns eines Abends, spät, als Equilibre längst schlief, unter dem Sternenhimmel fanden und über den eigenen Tod nachdachten. Dieses Gespräch war wie ein Duell, das sein Ende nicht im Tod eines von uns beiden finden konnte. Keiner von uns hatte Krebs, und es würde auch keiner auf den anderen schießen, aber der Tod war dies: Equilibre zu teilen und am Leben zu sein. Keiner von uns konnte auf diese Weise verschwinden, die, banal wie ein Autounfall, jeden treffen kann und die uns den Überlebenden als Phantom hinterlassen hätte. Im Spiegel zwischen Saint-Polar und mir blieb wie ein Vexierbild der Selbstmord, der ein Unfall wäre, die Fratze, in der wir beide steckten, seit jenem Abend zwischen uns, wir redeten nie mehr darüber, weder als Stoiker noch als Hypochonder.

Trotzdem waren es Tage der Freundschaft. Equilibre blieb wie in einem Kokon in einem Hauskleid oder alten Hosen zu Hause, und wir führten Primavera aus und gingen an der Marne spazieren. Es waren die Tage der letzten Ausflüge auf Hausbooten und Kähnen, und auf den Inseln ließen sich Familien nieder zum Angeln und Grillen. Wir wühlten uns durch das lautstarke Amüsement, es gab Kaffee und Tanz und Girlanden und Akkordeonmusik auf den Booten. Erst der Frost würde all diese Menschlichkeiten wegbrennen, und auch hier schienen uns die kalte Jahreszeit und die Einsamkeit ein paradoxes Glück. Wir sprachen stundenlang über Equilibre, über das Kapriziöse und Frivole und über ihre moralischen Grundsätze. Aber wie Saint-Polar als Anwalt der größere Praktiker war, so war er auch in der Liebe zu Equilibre der größere Realist. Bis jetzt hatte ich gedacht, er liebe die Liebe mehr als die Geliebte, ein Selbstilluminator. Aber in diesen Gesprächen enthüllte sich die Vorstellung von einem weiblichen Ideal, die freilich nicht lang gehegt und auf Equilibre projiziert war, sondern Vorstellungen und Realitäten hatten sich deckungsgleich im selben Moment eingestellt. Er liebte in Equilibre jene weibliche Zweiteilung – heute würde man sie Schizophrenie nennen –, die traditionell ermöglichte, Eros und Agape, das weibliche Opfer und die *belle dame sans merci,* die Launenhafte und die Vernünftige, die Heilige und die Liebesgöttin in einer Person zu sehen. Ich selbst faßte die verschiedenen Seiten von Equilibre unter dem Begriff Komplexität zusammen. Das Modewort für die auseinanderstrebenden Temperamente und Verhaltensweisen hieß Schizophrenie. Saint-Polar hatte das Problem, daß mindestens zwei Frauen nötig sind, um die Möglichkeiten der Liebe auszuschöpfen, dadurch gelöst, daß er Equilibre zum Ideal erklärte. Er konnte sich nicht lange genug darüber auslassen, daß sie die Fürsorge und Vertrautheit einer Schwester für ihn habe, wenn sie ihn auch am Tage zuvor mit ihren kindlichen Tränen gequält hatte, Tränen ohne Grund und ohne Vernunft. Sie brachte es fertig, am Steuer seines Autos sitzend, im Zeitlupentempo am Fluß entlangzufahren und ihm von einer Szene in einem Film zu erzählen, in der die alternde Geliebte, mit einer kindlichen Nickelbrille auf der Nase, in einem einzigen Moment der Heiterkeit, als knalle ein Sektkorken und steige in die Luft, das Auto mit dem Geliebten an ihrer Seite über den Rand des Kais hinaus in den Fluß fuhr. Sie brachte es fertig, diese Szene so eindringlich zu erzählen und so langsam zu fahren, daß ihm kalte Schauer über den Rücken liefen.

Sie heißt Equilibre, sagte Saint-Polar, aber sie ist unberechenbar. Ich schüttelte den Kopf, nein, aber sie würde doch nie... Sie ist nicht verrückt. Und dann sagte Saint-Polar empört, daß die Liebe so diktatorisch sei, den Geliebten ungefragt mit in den Tod zu nehmen. Die Liebe ist mörderisch, habe sie ihm erklärt, mörderisch bei Truffaut. Es sterben beide, aber im Grunde bringt stets einer den anderen um.

Ich habe schon gesagt, daß mich die Entdeckung seines Verantwortungsgefühls für Equilibre alarmierte. Aber zuweilen rührten mich auch seine umständlichen Tiraden; sein blitzschnelles Temperament im Argumentieren erlaubte sonst nur dann Umwege, wenn er die Dinge sophistisch hin und her gegeneinander abwägen konnte wie in einem komplizierten Fall. Er hatte Zweifel, daß seine Liebe Equilibre mehr Glück brachte als meine, auch wenn er überzeugt war, daß sie wahrer sei als meine. Dieser Zweifel rührte mich. Er kritisierte jene Aufgabe der Distanz – oder Diktatur der Nähe –, die seine Leidenschaft vor sich selbst authentisch gemacht hatte. Seine Authentizität, die selbst auf die verliebte Equilibre zuweilen exhibitionistisch wirkte, wurde in seinen Augen immer fragwürdiger. Auch meine Haltung war daran schuld, der Szenen, wie sie zwischen ihnen üblich waren, ziemlich zuwider fand. Ich glaube, es war richtig, sagte er zu mir, eine allzugroße Nähe im engen Zusammenleben zu vermeiden. Ich glaube, du wolltest strategisch vermeiden, daß eine Beziehung allzurasch ausgelebt und verbraucht wäre.

Ich ließ offen, ob es sich bei der Wahrung einer gewissen Distanz um Strategie, Bedürfnis nach Gleichgewicht oder einfach um eine Geschmacksfrage handelte. Ich war im Augenblick nicht in der Lage, generalstabsmäßig die Landkarte unserer Beziehung abzustecken. Ich fühlte mich am Ende meiner Kräfte. Ich ging auf den Knochen, wie man so sagt. Wir lebten in den Tag hinein und überlebten von Tag zu Tag, ohne eine Lösung zu sehen. Ich fühlte mich so stabil wie eine jener Clownspuppen, deren Oberkörper eine Kegelform hat und deren Unterleib ein abgerundeter Sockel ist, den man durch einen Fingerstoß ins Wanken bringt.

So ging ich mit Saint-Polar spazieren, wir warfen Primavera Stöckchen und verstanden uns so gut wie zwei Männer, die einen Junggesellenhaushalt zusammen führen und die eine kleine Verlaufene in nicht ganz einwandfreier Absicht aufgenommen haben. Wir schaukelten Equilibre, und Saint-Polar überraschte uns in Madame Tourmels Schürze mit einem Ratatouille und erzählte uns einen Kriminalroman von zwei Nachbarn, die sich wechselseitig so lange befeindeten, bis der vergiftete Hund des einen morgens vor der Tür lag. Es ging im Grunde nicht um eine Kriminalsache, sondern um Eigentumsrecht, um das Eigentum an einem kleinen Weg, an dessen Ende in einem Verschlag die Mülltonnen beider Häuser untergestellt waren. Seine Mandantin, der ewigen Querelen überdrüssig, versuchte das Recht an diesem Weg zu erstreiten. Über die Eigentumspapiere früherer Eigentümer, in denen der Weg als zu ihrem Grundstück gehörig aufgezeichnet war. Die gemeinsame Benutzung von Weg und Verschlag hatte sich wohl erst beim letzten Hausbesitzer eingeschlichen, ohne vertragliche Grundlage.

Hatte ich also den besseren Weg gewählt? In unserem Junggesellengespräch betrachteten wir wie unbeteiligte Soziologen die moderne Ehe als überbelastet durch die Forderung, romantische Liebe, materielle Verpflichtungen und einen weit getriebenen Anspruch auf Freiheit zu vereinen. Nach der jahrhundertelangen Kritik an der Ehe, die auf Vernunft, Formalitäten und Familiengründung basiere, bräche, nachdem das Gegenteil erreicht sei – Partnerschaft im weitesten Sinne des Wortes –, dieses Modell nun überall zusammen.

Wie dünn ist die Schutzschicht, wie grotesk scheint das Modell der Partnerschaft, wenn die Leidenschaft einen so vernünftigen Mann wie Saint-Polar durcheinanderbrachte und kein Gleichgewicht sich zwischen uns auf Dauer einpendelte. Wie schön klingen die Reden von einer offenen Beziehung, wenn archaische Strömungen immer wieder gegen alle vernünftige Einsicht revoltieren und uns in mittelalterliche Gefühlszustände zurückversetzen, in denen es um Sieg und Tod, um Kampf und Rache geht. Wir fanden keine Ruhe. Saint-Polar fing wieder an, versteckt unsere Lebensform anzugreifen. Er kannte nun den ganzen Haushalt. Meine Stunden des Rückzugs, in denen ich mich meinen Lektüren widmete, Equilibres Spaziergänge und ihr Gartendasein, alles hatte eine schöne Ordnung, nicht einmal ein verstopftes Klo oder eine kaputte Waschmaschine störten. Aber die Ordnung war falsch in Saint-Polars Augen, und sie war falsch, weil er sie für meine hielt. Wenn er mit Equilibre allein an einsame Seen gefahren war, war er einem Bedürfnis gefolgt, dem elementaren Bedürfnis, mit Equilibre allein zu sein.

Er hätte mit ihr in Restaurants, ins Theater, selbst in Diskotheken gehen können. Aber bei uns hatte der Wunsch nach Einsamkeit keine Geltung. Wie ein düsterer Prophet malte er die Gefahren der gesellschaftlichen Abgeschlossenheit für Equilibre an die Wand. Equilibre wurde unsicher durch diese Attacken. Ihre Sicherheit war wie ein schöner Zahn, der von einem Klempner so lange angebohrt wurde, bis er nur noch eine Fassade war. Ich werfe mir vor, daß ich nicht rechtzeitig auf den Gedanken kam, daß Saint-Polars Angriffe in ihr einen Schuldkomplex aufbauten, den Komplex, daß sie schuldhaft ein falsches Leben führe.

In einer langen Tirade ging er so weit zu behaupten, sie sei in einem leeren Irrenhaus eingeschlossen, in dem selbst von außen Hinzukommende zu Marionetten würden. Er sagte, dieses stille Haus mumifiziere alle Lebendigkeit, ein für allemal sei alles wie unter Glas gelegt, und sie könne die sechzig Jahre bis zu ihrem Tod nur noch als Mumie leben. Ihre Stunden auf der Terrasse, ihre Morgende auf der Steinbank, ihre Abende allein oder mit Gästen, alles sei wie der Leerlauf einer Maschine ohne Antrieb. Equilibre war keine Scheintote, sie hatte Reserven, und die täuschten mich. Sie lachte nämlich und sagte, ja, sie sei eingeschlossen, aber sie sei in dem eingeschlossen, was man früher eine Bagatelle oder eine Folie genannt habe. In einem kleinen Haus, das der Liebhaber seiner Mätresse zum Geschenk gemacht habe, um sie dort wie in einem Kästchen unter Verschluß zu halten, dem Zugriff anderer Liebhaber entzogen und darin seine eigene Bequemlichkeit findend, die er dem unsteten und unkomfortablen

Leben in Hotels und Restaurant vorziehe. Ich bin eingeschlossen in einer Bagatelle, in einer Folie, in einer Morgengabe, denn das meinst du doch, daß eine Frau, die ein solches Zuhause, einen goldenen Käfig bekommt, für immer ein Kind, ein Vogel oder ein Äffchen oder eine Mätresse ist.

Saint-Polar wußte keine Antwort. Equilibres Schlagfertigkeit hatte seinen Stolz verletzt. War ich nur der Liebhaber? Und konnte er ihr eine Morgengabe bieten? So knurrte er nur, Mätressen seien außer Mode.

Der November war lang und dunkel. Die Marne floß ruhig, den ganzen Morgen lag Nebel über dem Wasser. Krähen zogen über die verlassenen Ufer, die Hausboote waren abgeschlossen. Und die Bäume wurden sehr schnell kahl. Auf den Inseln standen ein paar übriggebliebene Grillapparate und Butangasflaschen wie Schrott unter den kahlen Bäumen. Ab und zu fing es an zu regnen. Es war kein gemütlicher Landregen, ein düsterer und feuchter Druck legte sich auf das Haus und auf die Kamine. Wenn wir Feuer anmachten, qualmte das ganze Zimmer. Equilibre fröstelte und klagte. Die Befreiung durch Saint-Polar käme ihr vor wie eine neue Gefangenschaft. Er lud eine Menge Leute ein und plante für Ende des Monats einen größeren Abend, an dem Equilibre ein wenig spielen sollte. Meine Schwestern in Neuilly würden sich amüsieren, wenn sie mitkriegten, daß ich ein wenig Satie und Poulenc zum Hors d'œuvre spiele, sagte Equilibre mit einer clownesken Grimasse und setzte sich ans Klavier, um zu üben.

Plötzlich war alles umgedreht. Saint-Polar erklärte mir eines Morgens, er werde Equilibre heiraten, das sei das Beste für uns alle drei. Er trat ganz so auf, als sei er der heimliche Hausherr, und überall im Haus waren seine Spuren, im Bad, im Salon, im Eßzimmer, im Flur. Ich hatte nur noch mein Zimmer für mich allein, den Diwan, den Tisch mit den Papieren und Büchern und den Blick auf den verwaisten Garten, in dem die Krähen, vom Fluß kommend, ein paar Würmer suchten. Der Regen schloß uns drei im Haus ein, und auch wenn Saint-Polar in der Stadt war, fand ich meine alten Plätze mit Briefen und Aktendeckeln belegt. Ich weiß nicht, wann er Equilibre erklärt hatte, daß er sie heiraten wolle. Ich glaube, er wartete noch bis zu dem Abend der Einladung, um Equilibre den letzten Beweis seiner Tauglichkeit zu geben. Equilibre seufzte und sagte, wie schön ist der Herbst, warum muß nun alles ernst werden, warum muß sich etwas ändern? Warum benehmen sich auch Männer wie verliebte Frauen, die unbedingt unter die Haube wollen.

Möchtest du, daß er das Haus verläßt, fragte ich.

Ich glaube nicht, daß ich möchte, daß er geht. Denn wenn er geht, fahre ich doch wieder in die Stadt, um ihn zu treffen. Aber er ließ ihr keine Ruhe, auch wenn er noch nicht zeigte, daß er bald handeln wollte. Und ich hörte manchmal ihre leisen Seufzer, als stöhne sie unter dem feinen Gewicht einer Kette. Saint-Polar war so von seiner *idée fixe* gefangen, daß er gar nicht merkte, daß Equilibre ihm auswich. Alles sollte so bleiben, wie es vorher war. Und wenn es nicht so bleiben konnte, weil Saint-Polar das Kommando übernahm und sie unter Druck setzte, den

Druck seiner Erwartung, dann war sie eine Verschleppte in ihrem eigenen Haus. Ich war drauf und dran, mir ein Zimmer in der Stadt zu suchen, um eine Auswegsmöglichkeit zu haben, von Zeit zu Zeit oder wenn die Dinge sich zuspitzen sollten. Aber Equilibre machte einen so erbärmlichen Eindruck und verlangte, daß ich bliebe. Für den Notfall reservierte ich mir in Gedanken ein Arbeitszimmer.

Wie sehr verfügt die Imagination über die Freiheit eines anderen, auch des Geliebten. In diesem Punkt kam mir Saint-Polar wie ein Double meiner selbst vor. Ich dachte über die ganzen Jahre unseres Lebens in diesem Haus nach. Ich war überzeugt, daß Equilibre die freiwillig Mitspielende gewesen war in diesem Lebensentwurf. Die Architektur des Gartens, die Architektur unserer Tage – war sie nicht die ideale Bühne für sie gewesen, eine Bühne, die ein Zuhause ist, auf dem die gespielte Person zur eigenen Identität wird. Aber in der Geschichte von Saint-Polar mit Equilibre war ich nicht nur der Erste oder Dritte im Bunde, ich war auch der Zuschauer. Und ich sah, wie seine romantische Liebe, uneigennützig und ohne jede Berechnung, abgesehen von der Rivalität zu mir, die ihn vielleicht anspornte, zur Fesselung von Equilibre wurde. (Auch dieses Mal war nicht sie diejenige, die dem anderen eine Liebesfessel anlegte.)

Equilibres Tür blieb nun nachts immer verschlossen, und ich hatte es mir abgewöhnt nachzusehen, ob ihr Bett genügend hochgezogen war, bevor ich schlafen ging. Unsere drei Türen blieben nachts geschlossen, so daß Saint-Polar die komische Rolle eines Bräutigams im selben Haus hatte, der den Hochzeitstag abwarten muß, bis die Geliebte offiziell sein Bett teilen darf. Ich habe einen leichten Schlaf, und ich glaube nicht, daß Equilibre nachts zu Saint-Polar ins Zimmer ging. Zudem lag ihr Zimmer direkt neben dem meinen, während das Gästezimmer ein wenig entfernter und halb um die Ecke lag. Die Ménage à Trois neutralisierte das Liebespaar wie das Ehepaar, so daß Saint-Polar zwar alle Vorteile hatte, Equilibre aus nächster Nähe, im Alltag zu erleben, aber schachmatt gesetzt war, was seine sexuelle Beziehung zu ihr betraf. Im Katalog der Liebesstrategien halte ich den Fall des glücklichen Liebhabers unter demselben Dach wie das verheiratete Paar für wenig wahrscheinlich, und nächtliche Schlafzimmerbegegnungen und lange Gespräche halte ich in einem Haus von normaler Größe für romanhaft. Es war mucksmäuschenstill in ihrem Zimmer, nur manchmal öffnete sich die Tür, um Primavera herauszulassen, die gegen Morgen entweder zu mir wollte oder auf die kühlen Fliesen im Bad. Diese Bedingungen schafften natürlich keine bessere Stimmung bei Saint-Polar. Wenn ich Schachspieler gewesen wäre im Leben, hätte ich nicht zufriedener sein können mit dem falschen Zug, den Saint-Polar gemacht hatte, um Equilibre näher zu sein. Ständig schwankte er zwischen leidenschaftlichen Gefühlen und denen des verletzten Liebhabers hin und her, und es war Madame Tourmel, die seine Partei ergriff. Der arme Monsieur Saint-Polar, sagte sie, ständig liegt er vor Mademoiselle Equilibre auf den Knien, und sie verschließt Tür und Tor vor ihm, als wäre er ein Schloßphantom. Ich gab einen philosophischen Kommentar: Was wollen Sie, in der Liebe erzeugt der Wille zur Beständigkeit die Unbeständigkeit in Permanenz. Sie mischte sich ein, Madame Tourmel, die madonnenhafte Verschwiegene mischte sich ein. Sie ergriff Saint-Polars Partei und musterte Equilibre wie eine Ehebrecherin aus dem 19. Jahrhundert. Mit dem Personal in vertraute Beziehung zu treten, das wollte ich nicht, nicht einmal um Equilibres Affären willen. Ich beauftragte eine Firma für Teilzeitarbeit, eine ältere Haushälterin zu suchen, fünf- bis sechsmal in der Woche für vier Stunden, Kochen und leichte Gartenarbeit eingeschlossen. Sie lassen Monsieur Saint-Polar buchstäblich gegen die Mauer rennen, sagte sie zu Equilibre, deren Apathie so auffällig war, daß sie nur mit den Achseln zuckte. In der Nacht fand sie sich in Saint-Polars Zimmer ein. Ich hörte Stimmen, fast einen Streit, dann Schweigen, ungefähr eine Viertelstunde lang. Aber am Morgen blieb sie im Bett und ließ ihn ohne Kaffee abziehen. Sie wohnten dicht an dicht, und die kleinen Mißverständnisse des Alltags häuften sich, eine Brille, die verlegt, eine Rechnung, die nicht bezahlt war, ein Buch, das Equilibre genommen hatte. Equilibre sagte nicht mehr, schmeiß sie raus, wenn Madame Tourmel Saint-Polar die Eier zu weich gekocht oder mit zuviel Speck gebraten hatte. Der Abend mit der Klavierdarbietung rückte heran, und man konnte Equilibre und Saint-Polar inzwischen zu jenen *couples maudits* zählen, die nicht voneinander lassen und nicht ohne einander leben konnten.

Dies alles spielte sich parallel ab, parallel zu unseren freundschaftlichen Abenden im novembrigen Haus, die wir nicht zählten, da wir spät begannen, wenn Saint-

Polar erst um neun Uhr nach Hause kam, und vor dem Kamin mit frischen Walnüssen und altem Burgunder beendeten. Es kam sogar vor, daß ich ins Zimmer zurückkam, wo ich sie vier Minuten allein gelassen hatte, und ihre beiden Profile vor dem Feuer in so völligem Einverständnis traf, daß alle bösen Szenen des Tages wie Asche zerfielen. Daß auch diese Momente ihrer Übereinstimmung sofort wieder zerfielen – auch diese war nur eine Sache des Augenblicks.

Und dann kam Saint-Polars große Gelegenheit. Es war Ende November, es regnete in Strömen, aber Saint-Polars gute Laune war durch nichts zu stören. Er übernahm die Regie, und Equilibre war wie eine kleine Drahtpuppe, in einem langen schwarzen Kleid, das den Rücken frei ließ, die an Saint-Polars Fäden gelenkt wurde, eine kleine Drahtpuppe, die so zu Saint-Polar zu gehören schien, daß ich mir vorkam wie jemand, der sich im Haus geirrt hat. Es lief alles glänzend, Saint-Polar hatte das Büfett bestellt und Madame Tourmel überwacht, die die Gläser, Teller und Bestecke aufstellte. Er hielt ihr einen kleinen Vortrag, um sie davon abzubringen, zusätzliche Dekorationen anzubringen. Merken Sie sich eins, Madame Tourmel: Alles muß so einfach und so gut wie möglich sein. Keine Mandarine auf der Gänseleberpastete und keine Gänseleberpastete auf dem Rehmedaillon. Alles so einfach und so gut wie möglich. Ein Weißwein, ein Rotwein und für die Nacht den Champagner. Keine tausend Salate, sondern ein Fenchelgratin mit Krabben als Vorspeise, gekochte Ochsenbrust mit Meerrettichsahne als Hauptgang, eine Tarte aux Myrtilles als Dessert.

Equilibre hörte das Gespräch und konnte sich vor Lachen nicht mehr halten. Es ist das Phantom meiner Jugend, sagte sie, wo solche Gespräche mit den Hausangestellten wöchentlich stattfanden. Meine jüngste Schwester und ich haben einmal zu Silvester einen kleinen Sketch geschrieben, Silvestermenü: als Entrée Sandholzseife zu Karpfenklößchen, als Hauptgericht Antiquitätenwachs zu Rehrücken, als Käse ein schaumiges Wollwaschmittel und als Nachspeise ein Soufflé mit Orangenparfum. Saint-Polar ist das Gespenst meiner Jugend, wiederholte sie. Einer Jugend, die nie aufgehört hat, einer Jugend, die vielleicht zu früh aufgehört hatte. Denn sie war so erfreut über all die kleinen Dinge, die Saint-Polar organisiert hatte, über die großen Blumensträuße, die heute im Haus verteilt waren, über die winzigen Petits fours, die es um Mitternacht geben sollte, ihren rosa und blau-gelben Zuckerguß, als wäre Kindergeburtstag. Ich hätte Anlaß gehabt, wieder darüber nachzudenken, ob Frauen, die ihre Familien zu früh verlassen, nicht ewig eine kleine Nabelschnur der Anhänglichkeit bewahren, die sie verstecken, und ob die Männer nicht doch die passenderen sind, die ihnen Tanten und Onkel, alte Sessel und alte Gewohnheiten wie ein Familienhaus wieder holen. Saint-Polar ist das Gespenst meiner Jugend, sagte Equilibre, nie mehr wollte ich diesen ganzen Zirkus haben, und heute spiele ich Ravel zum Hors d'œuvre. In dieser Mischung aus Grausen und Vergnügen setzte sie sich an den Toilettentisch und band ihr Haar auf, daß das Gesicht frei, der nackte Rücken aber vollständig davon bedeckt war.

Das Gespenst, wie gesagt, war ich. Zum letzten Mal

mußte ich befürchten, daß es Saint-Polar besser gelungen war, Equilibres Einsamkeit, ihre kleine rosenüberwachsene Mauer zu durchbrechen, bevor ich verschwinden würde. Wenn jedes Paar einen kleinen gemeinsamen Raum schafft, einen Raum nur für sich, dann hatte Saint-Polar einfach mit Equilibre zusammen den Raum ihrer Jugend betreten und alle anderen vor der Tür gelassen. Sie spielte, was sie von Kindheit an liebte, kleine Stücke von Ravel, Debussy, Poulenc und Satie. Es goß in Strömen, und je nachdem, wo man saß oder stand, war der Regen lauter zu hören als die kleinen Wasserspiele ihrer symbolistischen Musik. Die Zeiten meiner Jugend, als die Paare gleichgültig und depressiv, kaputt von hartem Alkohol und Zigaretten auf solchen Partys herumstanden, waren vorbei. Es gehörte wieder zum guten Ton, alles interessant zu finden, keine melancholische Coolness, sondern der kultivierte Geschmack. Es war verpönt, gelangweilt zu wirken und etwas vor zwölf zu gehen oder bis sechs zu bleiben, also gab es das leise und klare Spiel von Equilibre und Männer in Smoking mit schwarzen Fliegen. Ein alter Snob, der mir vor Jahren gesagt hatte, die Gesellschaft bestünde nur noch aus in Mode gekommenen Friseusen und Zuhältern, es gäbe keine geschlossenen Zirkel mehr, jeder mische sich mit jedem, hätte sich sicher angeregt über die Hand der Frauen gebeugt, die, weder bieder angezogen noch halb ausgezogen, die gut erzogene höhere Angestelltenklasse vertraten. Die Gesellschaft, die Saint-Polar eingeladen hatte, dazu unsere wenigen Stammgäste, waren auf angenehme Weise wohlerzogen und hielten eine mittlere Linie zwischen den Party-Extremen der alternden

Provokation und der unausrottbaren Arroganz. Alles war gelungen. Equilibre und Saint-Polar waren ein Paar. Eine Bösartige fragte nach Mitternacht, oh, er wohnt jetzt hier, aber das war auch alles. Saint-Polar hatte sich als tauglich erwiesen, und Equilibre war seine kleine Puppe, und in der Nacht fand ich ihn in der Küche, wie er Madame Tourmel auf den Hals heiße Küsse drückte und gegen den Küchentisch drängte, während ihre Schürzenschleife sich löste und die Petits fours zu Boden rollten.

Gegen halb zwei verließen uns die letzten Gäste, die kleine leere Straße hallte wider vom nächtlichen Ruf der Stimmen und vom Anlassen der Motoren. Der Regen hatte aufgehört, und ich ging sofort ohne ein weiteres Wort zu Bett. Ich schlief ohne Alpträume, aber mit dem Gefühl einer unheilbaren Traurigkeit, die wie eine leichte Decke über mir lag. Am späten Vormittag, es war Samstag, saßen die beiden in der Küche und aßen frisch geschälte Orangen, als seien sie seit je miteinander aufgewachsen. Ich hütete mich wohl, auf die Szene mit Madame Tourmel anzuspielen. Der Morgen war wie einer jener Vexierspiegel am Morgen danach, in denen man nichts erblickt von dem, was zuvor geschehen ist. Und ich war mir nicht sicher, ob Saint-Polar euphorisch über den gelungenen Abend nicht alles vergessen hatte. Ich kochte einen Kaffee, und während ich noch am Fenster stand, klingelte das Telephon. Equilibre, noch im Bademantel, mit ihrem reizenden, noch verschlafenen Kindergesicht, stand auf und nahm den Hörer ab. Man kann sich nichts Reizenderes vorstellen als dieses selbstzufriedene Gesicht mit den aufgelösten Haaren, die vom Saft der Orangen noch verklebten Finger, diesen kleinen Pyjama aus hellem Stoff unter dem Bademantel. Man kann sich nichts Reizenderes vorstellen als diese Figur gegen die Wand gelehnt, und im Gegensatz dazu ihre Stimme, die ganz im Ton einer gut erzogenen jungen Ehefrau die Konversation mit einem unserer gestrigen Gäste anstimmte und bis zum Ende den Ton hielt. Ob sie die Komplimente artig annahm, ob sie, ohne abzuwehren, die Begeisterung über Petits fours und ihr Spiel oder ihr Kleid anhörte, sie hielt den Ton und blieb freundlich und zurückhaltend. Kaum hatte sie eingehängt, ging das Klingeln weiter, und da sie gerade am Telephon war, erfüllte sie ihre Pflicht und nahm sie uns ab und hörte sich bis zum Mittag die Kommentare unserer entzückten Gäste an, ohne zu ermüden.

Je länger die Gespräche dauerten, desto mehr zogen Wolken am Liebeshimmel von Saint-Polar auf. War es gekränkte Eitelkeit, war es die Tatsache, daß er den Morgen danach mit eben jenen Gästen teilen mußte, die er selbst eingeladen hatte, ich weiß es nicht. Er verfiel in eine so üble Laune, wie ich sie nie an ihm erlebt hatte. Der Morgen nach seinem Triumph verwandelte sich in eine Grube, in der die übelste Jauche der Eifersucht kochte, die sich mit unflätigen Bemerkungen leise zischelnd aus der Öffnung zwischen seinen Zähnen ergoß. Er saß in der Küche und zerriß den Rest der Orangen zwischen seinen Händen. Ich verhielt mich still, weil ich ahnte, daß jede philosophische Bemerkung seine Wut nur noch mehr reizen würde. War er nicht das elendige Beispiel einer banalen Liebestragödie, die an diesem kleinen Widerstand zerbricht, der heißt: Teilung. Der eine Verliebte fühlt sich verraten, wenn die Geliebte aus dem Strauß mit Rosen, den er ihr geschenkt hat, eine Blüte herauszieht, um sie der Schwester oder der Freundin anzustecken, der andere kann es nicht ertragen, daß sie ein Körbchen mit Pfirsichen, das er an ihr Krankenlager gestellt hat, mit einer Pflegerin teilt. Wenn Liebe die höchste Form der Partizipation bedeutet, so wird sie gleichzeitig zum Abgrund bei jeder Teilung mit einem Dritten. Was bleibt für mich, sagte Saint-Polar. Sie ist die Frau eines anderen, sie wohnt im Haus eines anderen, sie hat die Rosen, Pappeln und den Hund eines anderen, immer und überall ist schon ein anderer da wie in dem Märchen vom Wettlauf zwischen Hase und Igel, in dem der Betrüger sagt: Ich bin schon da. Die Telephongespräche, die ihm Equilibre entzogen, waren wie die Blumen und Pfirsiche, waren Geschenke, die sie mit anderen teilte, und er wollte sie an diesem Morgen für sich, ihre Person, ihre Stimme.

Ich verließ das Haus, um am Marktplatz ein paar Wochenendzeitungen zu kaufen, und nahm Primavera mit. Hätte ich es Equilibre nicht auch übelgenommen, wenn sie den Morgen am Telephon verbrächte, im seichten Geschwätz mit anderen, während ich voller Ungeduld darauf wartete, den ganzen Abend mit ihr nachzuerzählen? Equilibre, die in mir einen Mann von Contenance sah, hätte vielleicht doch den Vorwurf bekommen, den Vorwurf der schlechten Laune, die so viele Liebende verfolgt, mehr als bedeutendere Teufel, den Vorwurf, daß sie zu nachgiebig sei, wenn es darum ging, unseren gemeinsamen Raum zu schützen. Nachgiebigkeit als Todsünde unter Verliebten?

Als ich zurückkam, lag das Haus in einem so vollständigen Schweigen, als hätten nicht nur seine Bewohner längst die Flucht ergriffen, sondern als hätte das Wasser in den Rohren aufgehört zu laufen, und die Rosen im Garten wären verdorrt im Novemberregen. Einen Moment wußte ich nicht, wo sie waren. Ich ging in den Salon, wo die restlichen Gläser vom Abend zuvor herumstanden, das meiste hatte Madame Tourmel aufgeräumt, bevor sie ging. Dann hörte ich über meinem Kopf eine Explosion von Schritten und Schreien, so gewalttätig, daß ich, ohne nachzudenken, hinaufrannte, die arme Primavera in meinem Gefolge. Equilibre war noch immer im Bademantel, sie stand im Bad, die Bürste in der Hand, im Begriff sich fertigzumachen. Saint-Polar hatte wohl die Tür aufgerissen, und ich weiß nicht, wer über den Flur gerannt war, mit einem schweren Gegenstand, als schleife er einen Körper hinter sich her. Es war aber nur ein Koffer, der offen im Flur lag und, mitgezogen im rasenden Lauf vermutlich von Saint-Polar, der zwei Stühle umgeworfen hatte, die rechts und links vor der Badezimmertür aufgestellt waren. Beide standen jetzt wieder schweigend einander gegenüber wie Kämpfer in einem letzten Gefecht. Die friedliche Equilibre wirkte wie eine Megäre, die Haare wild und der Körper gespannt, mit der Bürste in der Hand. Saint-Polar war der Mörder, der sein Opfer zum Angriff trieb und plötzlich in einer unflätigen Suada jemanden mit Klagen und Drohungen überschüttete, einen unsichtbaren Gegner, der nicht mehr Equilibre war, die schweigend und für den nächsten Angriff gewappnet dastand. Es war ein rasender Anfall, in dem Saint-Polar

Equilibre androhte, sie werde nie mehr im Leben eine ruhige Minute haben. Wohin sie auch gehe, werde er sie verfolgen. Er werde sie finden, wo auch immer sie sei, und sie mit seiner Verfolgung so lange begleiten, bis sie krepiere. Ein Anfall, in dem er sie mit Schimpfnamen überhäufte, durchsetzt mit Vorwürfen der Art, wie schnell sie mit ihm im Bett gewesen sei, als käme auch der elegante Anwalt von Ende Dreißig am Ende auf die uralte These, daß verliebte Frauen eben Huren sind.

Plötzlich löste sich Equilibre aus ihrer Erstarrung und fing an zu weinen. Zum ersten Mal in unserem gemeinsamen Leben wandte ich mich angewidert ab, ich ging wieder in den unteren Stock, als Saint-Polar mit der höhnischen Stimme eines Fremden und Besessenen mir meine Gelassenheit vorwarf und schrie, keinen größeren Zyniker kenne er als mich, der ruhig mit ansehe, wie seine Frau ihn auf offener Szene betrüge.

Ich war noch nicht die Treppe hinuntergegangen, als ich einen Schmerzenslaut hörte, jemand, und ich vermutete Saint-Polar, hatte Primaveras Pfote zwischen Koffer und umgekippten Stuhl eingeklemmt, durch einen Tritt gegen den Koffer, als sie mir nachkommen wollte. Einen Moment war ich versucht, endgültig das Haus zu verlassen, aber aus einem unbeholfenen Gefühl der Verantwortung für Equilibre heraus ging ich in die Küche, räumte die Gläser zusammen, gab Primavera etwas zu fressen und starrte wohl zwei Stunden auf die öde Mauer, die dicht vor dem Küchenfenster seitlich am Haus verlief. Ich stand da und starrte hinaus oder kochte mir einen Kaffee, und ich wußte nicht, was ich tat. Später machte ich mir ein Rührei und verzog mich ins Wohnzimmer, ich zündete den Kamin an, verband Primaveras Pfote und saß in dem alten Ohrenbackensessel, als hütete ich zwei Tote. Ich glaube, ich hörte nichts. Was Saint-Polar betraf, hatte ich wohl schon lange den Verdacht, daß seine Leidenschaft weniger zu einer erotischen Grenzüberschreitung fähig war, als daß sie in einem psychischen Exzeß ausartete. Aber ich dachte nicht an den konkreten Saint-Polar. Ich dachte nicht an meine konkreten Ängste und Sorgen. Ich dachte nicht an das, was geschehen war. Ich war, so unglaublich es klingen mag, in diesen Stunden wie nie verwickelt gewesen in die Geschichte Equilibres und Saint-Polars. Ich dachte, ob es nicht richtig sei, daß Leidenschaft so oft von Vernunft und Skepsis verurteilt werde. Ob es nicht richtig sei, Leidenschaft als Wahn anzusehen, als Krankheit des Geistes und der Seele, und ob es nicht falsch sei von uns, die moralische Verurteilung der Spießer zu verhöhnen als Angst vor der Liebe. Es gibt eine lange Tradition, die denkt, Glück sei Langeweile, und Schmerz, der entsteht durch das Ungenügen an der Realität, sei der Lebensantrieb der interessanteren Hälfte der Menschheit. Aber es gab einmal eine Tradition, in der man glaubte, den Schmerz zu lieben, sei gegen die Natur des Menschen. So lange hatten Equilibre und ich in diesem Sinne gelebt, und Saint-Polar war nicht einmal der zum Dämon hochstilisierbare Verführer, der unser künstliches Paradies zerstört hatte. War es also richtig, die Leidenschaft zu verurteilen, die bis zur Zerstörung geht?

Es wurde keine Liebe bis zum Tod. Sie verschwanden beide, erst Saint-Polar und dann Equilibre, die mir sagte, sie wolle sich von uns beiden trennen. Es sei nicht mehr möglich, sich nur von einem zu trennen, weil beider Geschichte untrennbar voneinander abhinge. Eine Rückkehr oder auch nur ein Bleiben im Hortus conclusus sei nicht möglich. Und zu einem Aufbruch über die Grenzen der Zerstörung hinweg in ein neues Leben mit Saint-Polar sei es nun auch zu spät.

Sie ging, und sie ließ mir Primavera, die eine seltsame Marotte annahm. Führte ich sie bei milderem Winterwetter in den Garten, scharrte sie wie besessen unter der Bank von Equilibre. Da war nichts. Ich rückte die Bank weg, ich grub die Erde um, kein Knochen, kein Ball, kein Stein waren dort vergraben. So suchte vielleicht auch der Hund nach einem Phantom, vielleicht seiner selbst, er, der so lange dort in Equilibres Schatten gesessen hatte.

IV.
Soudain

Hätte ich die Aufmerksamkeit dafür aufgebracht, so wäre mir vielleicht nicht entgangen, wie schnell die Dinge wechseln. Vom melodramatischen Höhepunkt, von der Gleichförmigkeit zur Unerträglichkeit. Aber es fällt kaum auf, ich habe keine Aufmerksamkeit, weder für die Dinge noch für mich selbst. Und so, wie das Haus langsam unter der Staubschicht meines einsamen Lebens ein anderes Aussehen annimmt, so haben sich auch die Spuren Equilibres unsichtbar verändert. Wie schnell die Dinge wechseln, wie unter dem launischen Licht im April, aber es ist kein April, es ist noch immer Winter. Equilibre ist seit fast drei Monaten verschwunden, und wenn ich manchmal an Selbstmord denke, so weniger aus einem Aufschrei der Verzweiflung heraus, als aus einer tiefen Gleichgültigkeit, einer Mischung aus Müdigkeit und Desinteresse, die mich die Schublade aufziehen läßt, in der eine kleine Pistole liegt. Ich habe den Sinn für das Absurde trotzdem nicht verloren. Das Absurde, das sich darin zeigt, daß ein Mann in Paris einige Geschäfte erledigt, gegen Mittag ins Restaurant *Voltaire* an der Seine fährt, dort ein kleines Déjeuner einnimmt mit getrüffelter Omelette und geschmorten Nieren und anschließend in sein am Tag zuvor aufgeräumtes Haus fährt, sein Testament unter den Briefbeschwerer auf den Schreibtisch legt und sich dann erschießt. Ich habe den Sinn für das Absurde nicht verloren, alles ist gleichgültig, und vielleicht deshalb setze ich den Briefwechsel mit Verhandlungen fort, die mir wahrscheinlich im nächsten Jahr die Arbeit an einer anderen Zeitschrift ermöglichen. Seitdem Equilibre mit mir lebte, habe ich solche Anfragen immer abgelehnt und jede Mitarbeit auf einige Beiträge beschränkt. Ich setze diese Briefe fort, so wie ich es fortsetze, mir am Tisch ein einsames Mahl zu bereiten oder den Fernsehapparat einzuschalten oder mein Bett am Morgen ungemacht zu verlassen. Ein paar Frauen haben sich vorgestellt, die die Nachfolge von Madame Tourmel antreten könnten. Aber ich konnte mich zu keiner entschließen, vielleicht werde ich nur eine Putzfrau nehmen, die zweimal in der Woche kommt, auch die Wäsche mitnimmt und das Nötigste einkauft. Wie wichtig sind die Banalitäten, ein Rührei oder ein gewaschenes Handtuch? Halten sie uns am Leben? Oder sind sie nur das Zeichen eines am Leben gehaltenen Automatismus? Ich esse, ich ziehe mich an, ich schreibe Briefe. Ich plane das Titelblatt einer neuen Zeitschrift mit dem Emblem eines Tores oder einer Pforte. Und dann sehe ich mich in einer klaren Winternacht in den Garten hinausgehen und mich auf Equilibres Bank setzen. Ich bin der, der auf der Bank sitzt, ich bin der, der wartet. Ich bin der, der nicht wartet. Ich bin ausschließlich, wo ich liebe – so ausschließlich, und bin ich ausschließlich der, der wartet, der liebt an dem Ort, der für Equilibre bestimmt war? Ich sehe mich auf der Bank sitzen und die

Pistole gegen meine Schläfe richten, ich sehe die kahlen Zweige der Bäume, und vielleicht sehe ich auch einen bleichen Vollmond über die Mauer steigen. Aber daß ich das sehe, daß ich mich sehe wie in einer melodramatischen nächtlichen Szene, beweist mir, daß ich den Sinn für die Realität nicht verloren habe, wenn sie auch lächerlich scheint. Lächerlich sind die Tragödien seit je, ihre melodramatischen oder banalen Kehrseiten. Und würde nicht jeder, der diesen Tod kommentiert, sagen, seine Frau hat ihn verlassen, und er konnte es nicht ertragen. Ist es Schmerz oder ist es nur Eitelkeit? Und der ganze Selbstmord eine Erpressung, damit Equilibre die Gefühle der Schuld für lange nicht loswürde? Nein, es ist Gleichgültigkeit. Doch setzt sich Gleichgültigkeit nächtens auf eine Gartenbank, um einen Selbstmord aus Liebe auszuführen? Als ob der Selbstmord im Grunde nur eine Steigerung der schlechten Laune wäre, die seit je eine Verständigungsform unter Liebenden ist, eine etwas weiter getriebene Laune? Bleibt als Hindernis der Gedanke der Feigheit. Aber meine Gleichgültigkeit reagiert nicht auf moralische Vorwürfe, auf diese Schattenspiele, die die Realität verschleiern. Was hält mich noch ab? Die arme Primavera, an die Wand gedrückt und die Schlimmes ahnend mich furchtsam anblickt? Dieses Rührstück ist das wirkliche Gegengewicht zu meinen Vorstellungen vom Selbstmord. Ein Hund. Keine Vorspiegelung erhabener Verpflichtungen. Nicht die Mahnung: die Mutter, der Vater, die Tochter, der Sohn, du darfst es ihnen nicht antun. Ein Hund. Nicht der berühmte Anruf, der im rechten Moment den Depressiven aus seiner Verzweiflung rettet.

Ein Hund ist der Grund, daß ich mich frage, was aus ihm werden soll. Meine Gleichgültigkeit mir selbst gegenüber, die nicht beim Rührei haltmacht, wird vielleicht von einem Hund ad absurdum geführt.

Oder warte ich doch noch auf Equilibre? Gebe ich uns noch eine Galgenfrist? Aber ist dieser Aufschub am Ende nur eine theoretische Auseinandersetzung mit dem Paradox zwischen der Möglichkeit und der Unmöglichkeit der Liebe? Oder hat er psychologisch mit dem Wiederholungszwang von Verliebten zu tun? Ich gerate durch diesen Aufschub unwillkürlich auf die Position von Saint-Polar, der nie ein Ende herbeiführt wie Equilibre, sondern immer nur die Wiederholung der Provokation des Endes. Jahrhundertelang machen die Leute aus dem Verlust der Unschuld einen Mythos oder ein Verbrechen – zeitgemäß oder unzeitgemäß führt der Verlust zu festlichen Hochzeiten oder zu geheimen Kindsmorden. Noch in meiner Jugend, in den fünfziger und sechziger Jahren, wurden die Töchter und ihre Verehrer in den bürgerlichen Familien wie Objekte mit der Lupe kontrolliert, ob sie die Grenzen auch einhielten. Die Leute predigen auch heute noch die Ehe, auch wenn sie der Sexualität offiziell weniger Schranken auferlegen. Sie predigen die Ehe, und die Schriftsteller schreiben von der Unmöglichkeit der Liebe. Die Leute predigen von Partnerschaft und Gleichberechtigung und vergessen den alten Begriff des Verstehens. Verstehen als Grundlage möglicher Liebe. Die Schriftsteller schreiben, daß keiner den anderen je versteht. Der Graben zwischen den Liebenden ist – ohne Grund und ohne Schuld – nicht zu überwinden. Keiner kennt einen anderen, keiner versteht einen anderen, aber der Liebende ist der Schriftsteller und die Leute in einer Person. Er wechselt zwischen beiden Thesen von der Möglichkeit und der Unmöglichkeit der Liebe hin und her, seine Gefühle schwanken unaufhörlich zwischen dem Leiden an der Unmöglichkeit und der Hoffnung auf die Möglichkeit. Komplizierter ist es, wenn die Unmöglichkeit, die ein Faktum ist, ein ersehntes Ziel wird, wenn die Möglichkeit das vermiedene Ziel ist. Dieses ist ein psychisches Spiel und ein Liebesspiel, das seit der Epoche der Troubadoure eine lange Tradition hat. Die Realität der Liebe als gelebte Liebe wird dabei vernachlässigt. Und wenn ich selbst auch in meiner Geschichte mit Equilibre jenen Troubadouren, Romantikern und Verführern ähnlich sehen mochte, denen die Liebe, ohne einen Plan, ein Projekt zu sein, unmöglich ist, so hat doch das gelebte Leben ein genügendes Gegengewicht hergestellt, und die Arbeit des Verstehens bekam unverhoffte Unterstützung in jenen Momenten intuitiven Verstehens, wo eine Eigenart, eine Geste, ein Gedanke des anderen einem aufging wie ein zunehmender Sichelmond. Mußte ich verstehen, warum Equilibre dies oder jenes Hochzeitsgeschenk auf den Speicher verbannte und ein anderes behielt? Mußte ich verstehen, warum sie nie fleischfarbene Strümpfe trug und keine Kinder wollte? Verstehen, warum sie Literatur und Musik des 20. Jahrhunderts der des 19. vorzog? Verstehen, warum sie, im Liegestuhl liegend und in Gedanken versunken, eine Strähne ihres langen Haares um die Finger rollte? Natürlich kann man all diese Geschmacksfragen und Gesten interpretieren, und wenn ich Equilibre erklären sollte, würde ich das auch tun. Aber ist nicht solches Aufgehen im eigenen begriffslosen Verstehen zunächst nur die evidente Korrektur der Erfahrung, daß Realität zwischen zwei Menschen sich nicht von selbst versteht? *Warum gabst du uns die tiefen Blicke?* Mögen wir uns auch nicht mehr so tief lieben wie jene Figuren von Goethe, mögen unsere Beziehungen kaputt sein und in der Regel nur sechs Jahre halten. Geht nicht, poetisch gesprochen, jener Unstern der Liebe unter und jener Sichelmond auf, wenn im Augenaufschlag des anderen unser beider wortloses Verstehen erscheint?

Und trotzdem habe ich sie nach unserer ersten Begegnung fast vergessen. Kein *coup de foudre,* und wie war ich beim zweiten Mal erst von ihr hingerissen. So hingerissen, daß ich sofort beschloß, sie zu heiraten, und das war nicht die Laune eines verrückten Alten, der sich mit siebzig eine spanische Tänzerin zulegt, vielleicht um seine Familie zu schocken und die Erben zu ängstigen, vielleicht um der Langeweile eines langen Alters ein wenig Unterhaltung abzugewinnen. Trotzdem hatte ich sie nach meinem ersten Abend in der Wohnung ihrer Eltern fast vergessen, verschwommen tauchte ihr kleines Profil an der Tafel auf, und ihre Stimme, wenn ich darüber nachgedacht hätte, erzählte von jenen Videoclips einer Hochzeit vor den endlosen steilen Stufen einer Kirche. Vielleicht interessiere ich mich zu sehr dafür, wie die Liebe funktioniert, und zu wenig, welche Person und welche Eigenschaften dabei eine Rolle spielen. Was meinen wir mit Eigenschaften? Einen balzacschen Katalog, der Equilibre beschriebe als zurückhaltend, selbstsicher, weltgewandt, schüchtern, scheu, selbstbewußt, furchtsam, naiv, albern? Oder wie man den ersten Auftritt eines jungen Mädchens auch immer festhalten möchte. Mir fallen keine Adjektive ein für jenen ersten Abend. Eine ältere Dame hätte vielleicht gefunden, sie wäre kokett. Ein Mann in mittleren Jahren hätte gesagt, sie wäre sexy. Und eine Schwester hätte gefunden, sie gebe sich ein wenig zu gelehrt. Ich kann mich nur daran erinnern, daß sie von einem meterlangen Schleier aus steifem Tüll sprach und von ihrer Abneigung, technisch neue und komplizierte Klavierstücke zu lernen. Eine ältere Tante hätte das erste vielleicht kapriziös und das zweite faul genannt. Fest steht, daß meine Liebe durch das Vergessen gegangen ist. So muß ich es formulieren, wenn ich glauben möchte, daß meine erste Begegnung nicht spurlos durch mein Unbewußtes gegangen ist. Dieses Unbewußte enthielt eine Bibliothek, in der hohe himbeerrote Sessel standen, auf denen jemand saß. Ich weiß nicht, warum diese himbeerroten Sessel mir als das für den Abend Bezeichnendste wiederauftauchten. Aber ich weiß, daß diese leeren Sessel irgend etwas mit Equilibre zu tun haben, als holte die Psyche im nachhinein nach, was in Wirklichkeit zusammenhanglos war, und machte aus dem Raum mit den leeren Sesseln einen Raum des Vergessens, an dessen anderem Ende sich die Tür öffnet und Equilibre erscheint. Am anderen Ende ist die Telephonleitung und die Tatsache, daß es Equilibre war, die zum Hörer griff und mich anrief. Und da sind wir, zwei Stimmen an zwei Enden einer Leitung, und vielleicht war diese Leitung, ein fremdes Objekt ohne persönliche Bedeutung, die Sache, die neue Gefühle und meine Phantasie so in Gang gesetzt hatte, daß ich ihren ersten Besuch dann so dringend erwartete, als sei sie bereits vom ersten Augenblick an unvergeßlich gewesen.

Werde ich sie vergessen? Habe ich sie schon vergessen, vergesse ich sie desto schneller, je mehr ich über unsere Geschichte nachdenke? Aber wen vergesse ich, wenn ich sie vergesse? Erinnere ich mich nicht noch ganz genau daran, daß Equilibre mir gleich zu Anfang einen Vortrag hielt, daß Mißtrauen dem Geliebten gegenüber einem moralischen Bankrott gleichkomme. Ein grundsätzlicher Vertrauenskredit sei nötig, und dieser Kredit sei zunächst einseitig, ein Risiko, denn er setze unter anderem voraus, die Eifersucht abzulehnen, als ob man ein Gesetz vermeiden oder übertreten könne. Die Gefahr des moralischen Bankrotts zwischen uns kam nicht durch Eifersucht oder Eifersucht auf die Vergangenheit. Sie kam durch meine Zweifel, meine echten, meine halbwahren Zweifel, ob wir, und das heißt, ob sie, dem Altersunterschied gewachsen wären. Vielleicht hing mein anfängliches Vergessen mit diesen Zweifeln zusammen, die weniger von Verantwortung zeugten als von Angst vor unrühmlichem Ende. Equilibre meinte von Anfang an, Altersunterschiede zwischen Liebenden seien gleichgültig. Es ist leicht zu sagen, die Radikalität ihrer Jugend verlangte die Qualität einer solchen rücksichtslosen Liebe. So entstand unsere erste Krise durch meine Bedenken, durch die sie sich zurückgewiesen fühlte. Ein ähnliches Paar hätte diese Krise vielleicht als unvermeidlich in eine fernere Zukunft verschoben. Sich eine Galgenfrist gegönnt, wenn man denkt, daß jede Liebe nur eine Galgenfrist ist, weil am Ende die Liebe am Galgen hängt, im besten Fall, und nur die Liebenden überleben. Sie machte mir keine Szene, sie hielt mir einen langen Vortrag in gut gesetzten Worten, daß die Liebe, ob kurz oder lang, das einzig Wichtige sei, und was solle sie sich zu Tode langweilen, weil sie sich, da man sich nicht mit Älteren abgebe, einen netten jungen Mann suche. Langweilen mußt du dich nicht, sagte ich ihr, dann spielen eben wir das Hochzeitspaar ohne Tüllschleier.

Saint-Polar, der noch im November seine Hochzeit mit Equilibre durchsetzen wollte, ließ wochenlang nichts von sich hören. Er hatte das Feld geräumt, Madame Tourmel hatte im Gästezimmer alle Spuren beseitigt, und ich dachte nur ab und zu an ihn wie an einen Menschen, mit dem man einen Herbst voll vager Beziehungen verbracht hat. Wie schnell versinken die angeblich wichtigen Beziehungen im Nebel der Gleichgültigkeit, wenn der Umgang und Gewohnheiten unterbrochen werden. Als er nach Weihnachten anrief, war ich fast ein wenig erstaunt, seine Stimme zu hören, so weit weg schienen mir schon jetzt die letzten Wochen seines Dramas. Keinen Moment hatte ich geglaubt, daß er inzwischen Kontakt zu Equilibre habe. Auch wenn ich davon ausgehen konnte, daß bei den beiden anderen die Gefühle und sogar die Affekte noch andauerten, war ich mir sicher, sie hatten nichts mehr miteinander zu tun. Es ist Mode, aus Affekten, die ihrer Natur nach auf den Augenblick beschränkt sind, grundlegende Gefühlslagen zu machen, ein Grund, weshalb Dauertherapien so viel Raum zugestanden wird. Der Normalfall, daß sich Affekte wie Wut, Verzweiflung und Rachegefühle nach ein paar Stunden oder Tagen, spätestens nach Wochen gelegt haben, hatte in meiner Vorstellung offensichtlich für unser Dreieck eine solide Grundlage. Ich hatte keine Lust, Saint-Polar von selbst anzurufen, um so weniger als mir die Antriebskraft fehlte, die sonst Rivalen wieder zusammenbringt: die Neugier, wie es um Equilibre stand. Er wußte es nicht, ich wußte es nicht, und wir sprachen auch kaum über Equilibre. Wir sprachen wie früher, wie zu Anfang. Wir waren wieder ein Anwalt und ein Intellektueller, die sich flüchtig kennen und sich in der Stadt zu einem Aperitif treffen. Er lud mich zu einem kleinen Abendessen zu sich nach Hause.

Ich hatte keine Lust, aber mir fiel so schnell keine Ausrede ein, und so sagte ich zu. Ich brachte Primavera mit und einen alten Calvados und verbrachte einen angenehmen Abend, von dem mir kaum etwas in Erinnerung geblieben ist. Weit und breit kein Krieg um die entführte Helena, der Krieg fand nicht statt, denn Paris hatte anstelle der Entführten eine Fähige aus seinem Clan in sein Nest aufgenommen und vergnügte sich nebenher vielleicht mit schönen Sklavinnen. Wir waren zu dritt, der Dritte war ein Schriftsteller, der lange in den früheren Kolonien gelebt hatte und aus den konservativen Traditionen seiner Familie keinen Hehl machte. Saint-Polar war alles andere als konservativ, auch wenn sich sein Anarchismus mehr in seinem Verhalten als in seinen politischen Anschauungen breitmachte. Die beiden redeten während des Essens ausschließlich über Indochina und über de Gaulles Rolle im Algerienkrieg. Soweit verlief der Abend historisch und rückte erst dann in gefährliche Gewässer vor, als es um den möglichen Schaden für Le

Pens Karriere ging, wenn er persönlich in Algerien gefoltert hätte.

Madame Tourmel hatte kleine, mit Pilzen gefüllte Blätterteigtaschen zubereitet und hinterher einen Civet de Lièvre. Es war Weihnachtszeit noch immer, und erst als ich auf dem Weg nach Hause war, fiel mir auf, daß sie mit am Tisch gesessen hatte. Daran gewöhnt, sie servieren zu sehen, und auch daran gewöhnt, daß sie ab und zu, wenn sie mit ihrer Arbeit fertig war, den Nachtisch mit uns gemeinsam einnahm, hatte ich mir nichts dabei gedacht. Aber nun, auf dem Weg nach Hause, fiel mir ein, daß der Schriftsteller sich ein einziges Mal zu ihr gewandt hatte, die am Tisch saß und nichts sagte. Sie sehen ganz so aus, Madame, als entstammten Sie dem Stundenbuch des Duc du Berry. Auch in Stundenbüchern gibt es *jardins clos,* auch in Stundenbüchern gibt es hohe Mauern und hübsch geordnete Gärten mit Mirabellen- oder Apfelbäumchen. Auch jetzt auf dem Weg nach Hause mußte ich zugeben, daß Madame Tourmel mit ihrem ovalen, bleichen Gesicht, vorausgesetzt man kleidete sie in die entsprechende Mode, recht gut in ein solches Buch passen würde – Küchen- oder Gartenszene?

Hätten Sie mir nicht geschrieben, hätte ich nichts von Equilibres Verschwinden gewußt, antwortete mir der Kardinal, Equilibres Onkel, in jenen Tagen zwischen den Jahren. Sie haben vorgezogen, nach Ihrer Heirat mit Equilibre zu ihrer Familie nur lose Beziehungen zu unterhalten, und ich bin sicher, sie ist zu stolz, um wegen einer Krise ihrer Ehe zu Hause anzuklopfen. Von dieser Seite also keine Nachricht. Die Familie, ich habe ein wenig nachgeforscht, weiß nichts von einer Trennung zwischen Ihnen und Equilibre. Aber es scheint, daß Equilibre, ohne ihre wahren Verhältnisse zu offenbaren, wieder Kontakt mit jenen Künstlern von früher aufgenommen hat, die in Paris in Studios in der Rue Francœur Werbeaufnahmen machen und auf eigene Kosten Videoclips drehen. Ich hörte von Equilibres Schwester, daß sie sie wenige Tage vor Weihnachten in einem Café am Montmartre gesehen hat im Kreis dieser alten Freunde. Es scheint, daß die Clique sich die ganzen Jahre gehalten hat, was selten ist bei jungen Leuten. Ich selbst hatte einmal Kontakt mit ihnen, als sie mich baten, für einen Clip mit einer Serie von Kardinälen auf Kirchenstühlen Modell zu stehen. Ich mußte leider ablehnen, aus Rücksicht auf jene Mitglieder der Kirche, die in solchen Veranstaltungen blasphemische Absichten wittern. Ich riet ihnen, statt dessen den spanischen Künstler Tàpies aufzusuchen, der sich im Alter mit der Rolle des Kreuzes in Spanien beschäftigte und eine Serie von Kreuzen ausgestellt hat. Ich glaube, daß Equilibre verstanden hat, daß ich wenig Sinn für Exorzismus habe und noch in der heftigsten Attacke gegen die Kirche den künstlerischen Willen sehe, der weitaus leichter zu ertragen ist als wirkliche Revolutionäre mit Bajonetten, die sich an kirchlichem Eigentum vergreifen. So habe ich dennoch eine andere Nachricht für Sie, lieber Soudain, ich habe keine Kenntnis, wo Equilibre wohnt oder sich aufhält. Aber ich habe zu Weihnachten eine Karte von ihr aus London bekommen. Sie sei für eine kranke Statistin eingesprungen in einem Vier-Personen-Stück, das seit einem halben Jahr in einem kleinen Theater an der Bastille gespielt wird. Sie sind für zwei Monate mit diesem Stück in England auf Tournee. Equilibre spielt eine Pianistin, die während des Stücks mit dem Rücken zum Publikum auf der Bühne sitzt, der Rücken ist nackt, da das Kleid tief ausgeschnitten ist, und ihr Einsatz besteht darin, immer wieder dieselben Takte aus der Revolutions-Etüde von Chopin zu spielen. Manchmal spielt sie auch nicht, sondern sagt nur, es lebe das polnische Volk. Seit einigen Jahren ist es in Paris Mode, aus den Briefen berühmter Leute Stücke zu bauen: Clara und Robert Schumann, Simone de Beauvoir und Sartre, der Papst und die portugiesische Nonne. Nebenbei bemerkt, ich halte diese Sitte für weitaus infamer als eine Filmszene, in der ein betrunkener Kardinal bei einem Besuch im Vatikan in eine Vase pinkelt. Die Infamie besteht darin, dem Zuschauer zu suggerieren, er erfahre jetzt intime Wahrheiten über berühmte Menschen, während man ihnen in Wirklichkeit zumutet, Bedeutung darin zu sehen, daß sie auch pinkeln oder einen Furunkel haben. Die Indezenz liegt in der Respektlosigkeit vor dem Menschen als Gottes Ebenbild, wenn schon die Gottesschändung darüber vergessen wird: Das Stück basiert auf Briefen von Chopin und George Sand und handelt von den letzten Tagen vor ihrer Trennung, hin und her gezerrt von Chopins Krankheit und politischen Enttäuschungen und den familiären Intrigen um George Sand. Equilibre spielt die Tochter, aber sie intrigiert nicht, sondern repetiert jene Chopinschen Takte und macht aus seinem Patriotismus eine Groteske.

Nichts, nur Gerüchte. Ich hatte keine Nachricht von Equilibre. Was hinderte sie, auch mir eine Ansichtskarte aus London zu schicken, mit dem sicheren Kanal zwischen uns? Warum schrieb sie mir nicht, der ich kein Feind war, und wovon lebte sie? Ein paar Tage wurde ich von einer Unruhe umgetrieben, die zu meiner Gleichgültigkeit nicht in Widerspruch geriet, denn Gleichgültigkeit umhüllt mich wie eine leichte Betäubung. Aber die Unruhe ließ mich zur Bank gehen und die monatliche Summe, die ich Equilibre für kleine Ausgaben überwiesen hatte, erhöhen. Sie hatte mich nie um Geld gebeten, ich zahlte alles, was den gemeinsamen Haushalt betraf, und diese kleine Summe auf ihr eigenes Konto. Aber ich wußte, daß sie zu ihrer Hochzeit von drei Paten ein kleines Vermögen bekommen hatte, von dem sie zwar nicht auf die Dauer leben konnte, aber zumindest hätte es in einem Notfall wie diesen für einige Zeit gereicht. Ich glaube, es handelt sich um die Summe von 450 000 Franc. Ich habe schon oft darüber nachgedacht, wie schwer es ist, einen anderen in Übereinstimmung mit seiner eigenen Ansicht von sich selbst zu erkennen. Ich glaubte, daß Equilibre, unbürgerlich und freiheitlich, das Geld nicht zur Sprache bringen würde. Soweit ich wußte, konnte sie es sich leisten, eine Weile frei zu vagabundieren, ohne jemanden um Hilfe zu bitten. Aber wußte ich, ob sie das Geld noch hatte, das sie vor fünf Jahren bekommen hatte, und wußte ich, ob es sich um die Zinsen vermehrt hatte, die Zinsen von fünf Jahren? Wir waren kein bürgerliches Paar, und so wenig sie jemals von mir Einblick in meine Transaktionen gefordert hatte, so wenig wußte ich, wieviel und ob sie ihr Geld bewahrt hatte. Sie unterschrieb meine Steuererklärungen und gab ihre Einkünfte an, jährlich fünf Prozent, was ungefähr 22000 Franc sind und was keine große Rolle spielt. Sie hätte also nicht einmal wie eine Studentin von den Zinsen ihres kleinen Kapitals leben können. Als ich den Dauerauftrag geändert hatte, ging ich befriedigt nach Hause, verwundert, daß ich das dringendste Problem, das Trennungen und Beziehungen gewöhnlich begleitet, jetzt erst bedacht hatte. Aber dann sagte ich mir, daß es typisch war, daß wir nie an Geld dachten, nicht weil wir es im Überfluß besessen hätten und genug zum Leben hatten, sondern weil es in unserem Denken keine Rolle spielte. Und deswegen waren wir noch keine Taugenichtse, die Schulden machten und in den Tag hinein lebten. Dachte ich länger darüber nach, warum Equilibre kein Geld gefordert und einen Anwalt eingeschaltet hatte, kam ich zu dem Schluß – auch wenn sie in diesem Circulus vitiosus der Leidenschaft die Vertriebene war –, daß sie mich nicht die Zeche für ihr Drama zahlen lassen wollte.

Man muß es sich leisten können, den anderen nicht zur Kasse zu bitten. Der Neid mag verlauten lassen, der nicht zugeben will, daß ein Mensch seine Unabhängigkeit bewahren möchte.

Ich erinnere mich, daß Equilibre eine Freundschaft aufkündigte, weil die Freundin ihr in einem Streit um die Notwendigkeit, eigenes Geld zu verdienen, vorgeworfen hatte, sie läge mir auf der Tasche wie ein Kind, das sich versorgen läßt.

War nun also der Punkt gekommen, an dem sich die Wahrheit über Equilibres Leben zeigen mußte? Jahrelang hatten wir nur Freiheit darin sehen wollen, daß Equilibre kein Geld durch einen Beruf verdiente. Nun konnte sich diese Freiheit als Scheinfreiheit entlarven, obwohl ich nach dem Gesetz zu einer gewissen Unterstützung verpflichtet werden konnte. Bekäme es ein geschickter Anwalt wohl hin, meine Verpflichtungen auf Dauer abzuwälzen oder zu reduzieren? Equilibre ist erst fünfundzwanzig, es war ihr zuzumuten zu arbeiten oder eine Ausbildung abzuschließen. Diese Freiheit, die Liebe zu einem Konzept des Totalitarismus macht, ohne es zu wollen. Alles wird unmöglich, jeder bürgerliche Beruf, jede soziale Beziehung, alles wird unmöglich, wenn nur einer der beiden sich aus der Freiheit der Okkupation der Liebe überläßt. Wir beide hatten es uns leisten können, uns dieser Freiheit zu überlassen. Und ich kam von neuem zu dem Schluß, daß Equilibre Unterstützung verdient hatte wegen des Zirkels, in den sie durch uns geraten war. Ich weiß, ich habe gesagt, in dieser Geschichte geht es weder um Schuld noch um Kausalität. Aber im pragmatischen, im alltäglichen Sinne mußten wir uns doch darum kümmern, was aus Equilibre würde, wir, Saint-Polar und ich. Auch ich ging im Kreis, wie sollte ich mich um sie kümmern, wenn sie nichts von sich hören ließ. Ich war weit davon entfernt, einen Detektiv zu engagieren, denn meine Verpflichtung hörte an der Grenze auf, an der sie sich mir entzog. Ich war überzeugt, und ich schreibe die schäbigere Haltung Saint-Polar zu, daß er sich längst aus der Affäre gezogen hatte. Er hatte nichts Negatives mehr über Equilibre gesagt. Aber ich erinnerte mich an die letzten Szenen, als er Equilibre Hysterie und Leichtsinn vorgeworfen hatte. War nicht auch das die Wiederholung eines Leitmotivs der Liebe: Equilibre verschwand in den Projektionen, die sie erweckte, sie wurde vage, eine Unperson. Der Moralist würde sagen, wo die Projektion die Person überwuchert, entsteht kein Bild einer Persönlichkeit. Die einzige Spur, die für Saint-Polar von Equilibre übriggeblieben sein mochte, war die, daß sich der Lebensprozeß wie ein Perpetuum mobile immer wieder von selbst in Gang gesetzt hatte. In einem Perpetuum mobile gibt es keinen Tod. Auch kein Ende, auch kein Anderes. Doch wenn unsere drei Personen sich nicht ändern konnten, war die Liebe deshalb unbeständig? Projektion, kein Persönlichkeitsbild. Aber die Konsistenz unserer drei Personen begründete die Unbeständigkeit unserer Liebe, und deshalb gab es Trennung und Tod und kein Perpetuum mobile. Die Vorstellung, daß drei Personen sich nicht ändern konnten, zeigt ein pessimistisches Bild vom Menschen. Habe ich nicht Grund zu einem Optimismus, wenn das Ende einen Ausweg geboten hat?

Ich sehe keine Möglichkeit, keine Änderung, weder zum Besseren noch zum Schlechteren, und so oft ich erneut ansetze, über Equilibre nachzudenken, verfange ich mich selbst in den Bildern, die wir uns von ihr gemacht haben. Und wenn ich versuchte, ihr sogenanntes wahres, armes Ich zu durchschauen, stellte ich fest, daß ich nur wie ein ungeübter Seiltänzer einen Schritt in die Luft machen kann, so bodenlos scheint dieses Konzept von Wahr und Falsch, von Identität und Persönlichkeit.

Meine Unruhe brachte mich auf einen neuen Einfall. Wenn sie nun doch geschrieben hätte? Und wenn Madame Tourmel – diesmal war sie es, der ich die schlechte

Karte zuschob – einen Brief absichtlich oder unabsichtlich verschlampt hätte? Ich verbrachte ein paar Stunden damit, alles durchzusuchen, was zu Madame Tourmels Zeiten zu ihrem Bereich gehört hatte. Alte Zeitungen, die sie für den Kamin brauchte, zum Fensterputzen, für Schuhe oder Silber. Den kleinen Holzstapel für den Kamin, der zum Trocknen in der Küche aufgestapelt war, die Notizblöcke für die Einkäufe. Ich weiß nicht, warum ich nie auf die Idee kam, in dem Regal zu suchen, in dem Equilibres Noten lagen. Und da fand ich schließlich diesen Brief, von ihr selbst oder von infamer Hand dort offen vor aller Augen versteckt, einen Brief ohne genaues Datum, Dezember 2000, und auf dem Briefkopf die Nummer einer Postbox im IX. Arrondissement in Paris. Ich möchte nicht, daß Du Dir Sorgen machst, stand in dem Brief, ich bin nicht in der Seine gelandet und auch nicht in psychiatrischer Behandlung. Ich sehe noch genauso aus wie an dem Tag, an dem ich unser Haus verlassen habe. Du weißt, ob ich nun Deine Schülerin bin oder meinen eigenen Vorstellungen folge, ich suche nie Zuflucht in Unterstützungssystemen. Ja, ich schlafe schlecht, aber ich habe mir keinen Doktor und keine Hormontherapie verordnet, um der Frau in der Krise aufzuhelfen. Wenn ich eine Kirche betrete, dann nur, um ein wenig Stille zu genießen, ich zünde eine Kerze an oder gehe einmal um den Chor herum. Ich brauche keinen Priester, aber ab und zu ein Gitarrenkonzert in Saint-Merry oder Sainte-Julien-le-Pauvre. Ich gehe viel spazieren. Der Frost hat die Menschen von den Seine-Quais und aus den Parks vertrieben. Ab und zu eine alte Frau, die stundenlang Vögel füttert, sonst nur Passanten. Neulich saß ich eines nachts auf einer Bank an der Seine. Es war nach Mitternacht, und ich wollte die Lichtreflexe im Wasser betrachten. Ein Pärchen kam vorbei – es war auf der Ile St-Louis, es war noch viel los – und fragte mich, ob ich mich umbringen wolle. Das Leben sei zu kurz und die Seine zu schön, um sich hineinzustürzen. Und ich noch zu jung. Du siehst, nirgends bleibt man unbehelligt. Wenn man allein am Wasser sitzt, gilt man als Selbstmörder. Ich gehe also viel spazieren, und ich weiß, nachdem ich ein wenig darüber nachgedacht habe, daß ich mein Leben nicht ändern werde. Du hast recht: Wieviel Unschuld steckt im moralischen Kommando, Unschuld, die eine eingefleischte Lüge ist. Eine Lüge, die als moralische Wahrheit daherkommt, als Lebenslüge, die schlimmer ist als alle läßlichen Versteckspiele, die man sonst mit sich anstellt. Die moralische Verlogenheit würde sagen: Du mußt dein Leben ändern. Sie würde sagen: Sie ändert ihr Leben! Sie hört auf, eine Drohne in ihrem Garten zu sein. Sie arbeitet, sie lernt, und wenn sie auch stöhnt bei den Steigungen, die sie zu überwinden hat, kommt sie doch weiter. (Das Wort stöhnen stammt von Colette, ich lese gerade *Mes Apprentissages,* und sie stöhnt bei jedem Schritt, den die Einsamkeit ihr abverlangt, nachdem sie sich von Willy getrennt hat.) Aber ich, die ich nie etwas anderes hatte außer meinem Garten und Primavera und Dir, habe beschlossen, mein Leben nicht zu ändern. Ich bin nicht für Philosophien geboren, und es wäre sinnlos, nur um einem vagen Interesse nachzugehen, meine Studien von damals wiederaufzunehmen. Es ist überhaupt eine Schwierigkeit, wiederanzuknüpfen, wo man aufgehört hat. Denn auch das gehört zu den Verlogenheiten, daß man an dem Punkt wieder anknüpfen soll, an dem es angeblich schiefgegangen ist. Aber wenn ich mir auch jeden Gedanken an einen normalen Beruf aus dem Kopf geschlagen habe, habe ich doch aus der Vergangenheit eine Beschäftigung gefunden. Oder sogar mehrere. Und ich werde sogar dafür bezahlt. Keine sichere Zukunft, aber wenn ich ab und zu in der Rue de Rivoli in der *Tartine* sitze, abends, kurz bevor sie schließen, und ein Glas jungen Sancerre trinke, sage ich mir, ein arbeitsloser Lehrer hat auch keine Zukunft, ein Trost, der ernst gemeint ist und trotzdem durchschaubar auf hohlen Füßen steht. Ich werde mein Leben nicht ändern. Doch habe ich nicht ein anderes Leben? Ich wohne in einem kleinen Appartement in der Rue Rodier, einem kleinen Platz an der Ecke zur Rue Condorcet. Ich gehe oft in das Café an dem kleinen Platz, und das ist meine Gesellschaft: der Patron, die Gäste und die Tauben auf dem Platz. Mein Zimmer liegt zum Hof, aber wenn der Bus die Straße runterfährt, vibrieren die Fensterscheiben. Es hat eine Kochnische, einen Wandschrank und ein winziges Bad mit einer Dusche. Du weißt, wie ich Duschen hasse. Aber ich habe das Zimmer gleich mieten können. Es ist komplett möbliert. Die Annonce stand in der Zeitung. Und so kam ich schnell aus dem Hotel. Ich arbeite in einem kleinen Theater, *Théâtre de la Main d'Or,* in einer Passage am Faubourg St-Antoine. Das Stück, in dem ich als Statistin auftrete, stammt von einem jungen polnischen Autor. Wir haben ihn einmal auf einer Vernissage getroffen, er raucht dicke Zigarren und trägt weiße

Westen. Ich bin nur Statistin, aber im Programm steht *George Sands Tochter* und daneben der Name der Schauspielerin, die die Rolle aufgegeben hat, irgendein kleiner Unfall. Ich habe einen einzigen Satz zu sagen: Es lebe das polnische Volk, wenn Chopin aus dem Zimmer geht. Und ich muß ein paar Takte spielen, wenn er ins Zimmer kommt. Ich bitte Dich, nicht dorthin zu kommen, denn ich trage dasselbe Kleid, das ich an unserem letzten Abend anhatte. Das echte Kostüm hätte geändert werden müssen. Über die Feiertage habe ich einen Job in der italienischen Buchhandlung im Marais. Ab und zu stehe ich nachmittags dort und verkaufe Svevo oder Lampedusa. Und im Januar kommt Tabucchi und liest im Centre Pompidou und in diesem Laden. Ich denke so wenig wie möglich an Euch, an Dich und an Primavera. Und statt des Gartens habe ich mir einen Oleander gekauft, im Juni wird er blühen, er steht auf dem Bord vor dem Fenster. Ich möchte Euch eine Weile nicht wiedersehen. Aber dann möchte ich Euch wiedersehen, Dich und Primavera, und wenn Ihr auch möchtet, sehen wir uns wieder, Frühling vielleicht oder im Sommer, jetzt nicht, aber ich möchte Euch wiedersehen.

Der Brief mochte seit Wochen dort liegen, längst war Equilibre in London, und längst war sie vielleicht zurück. Ich schrieb einen Brief und brachte ihn gleich in das Postamt mit ihrem Postkasten, um keine Zeit mehr zu verlieren. In dem Postamt sagte man mir, Briefe könnten nicht abgegeben werden, sie würden nur angenommen, wenn sie, frankiert und mit Stempel versehen, den Postweg genommen hätten. Ich kaufte eine Briefmarke und warf den Brief in den großen Schlitz im Schalterraum, und die Halle mit den Postschließfächern war gleich nebenan.

Ich ging die Rue Rodier hinunter in Richtung auf den kleinen Platz, von dem Equilibre geschrieben hatte. Ich versuchte nicht herauszubekommen, in welchem der sechs Eckhäuser sie wohnte. Ich trank einen Kaffee an der Theke ihres Cafés, blickte auf den Platz und dachte mir, daß ihre Gesellschaft die Tauben auf dem winterlichen Platz waren, die leeren Bänke, auch die kahlen Bäume. Dieser kleine dreieckige Platz, der kein Platz war, sondern nur ein Triangel zwischen drei Straßen, gefiel mir. So waren wir alle drei in der Einsamkeit angekommen, nicht in der eigenen, sondern in der eines anderen. Equilibre hatte Jahre in meiner Einsamkeit verbracht, Saint-Polar hatte es nicht erreicht, Equilibres Einsamkeit zu durchbrechen, und ich war in ihrer angelangt, an diesem Platz, mit der Boulangerie gegenüber, in deren Fensterscheiben die Schneeimitationen aus weißem Kunststoffflitter noch immer Sterne und Monde wie Gucklöcher aussparten. Ich hatte Equilibre nichts über Saint-Polar geschrieben, nicht daß ich ihn besucht hatte, nicht welche Rolle Madame Tourmel in seinem kleinen Haushalt spielte. Ich hatte es vielleicht mehr oder weniger unbewußt unterlassen, aber jetzt, in diesem Café im IX. Arrondissement, war ich zufrieden mit meinem Brief. Wie quälerisch können die Stunden sein, nachdem man einen wichtigen Brief eingeworfen hat. Auch wenn alles vorbei war, das Dreieck von Einsamkeit, Weltläufigkeit und Garten kam mir besser vor als Konzept der Liebe als das Dreieck von Vernunft, Passion und Pläsier, verteilt auf die Personen von Soudain,

Saint-Polar und Equilibre. Auch wenn alles vorbei war, auch wenn ich, wie Equilibre von mir gefordert hat, hätte wissen müssen, daß meine Konzeption der Liebe wie des Gartens der Zeitlichkeit unterworfen war, auch wenn ich eine kurze Störung in Gestalt von Saint-Polar als Liebhaber in Kauf genommen haben sollte, war ich doch vom Gang der Dinge überrumpelt und saß verwundert allein im verlassenen Haus. Nach wie vor halte ich es für wichtig, daß eine Liebe nicht nur gelebt wird wie bequeme Pantoffeln, über die man nicht nachdenkt, weil sie nicht drücken. Ich halte es nach wie vor für wichtig, ein Konzept der Liebe zu haben, jeder einzelnen Liebe, einen Entwurf, eine Idee, ein Projekt. Doch das gelebte Leben ist am Ende als eigener Regisseur nicht von der Hand zu weisen, der gesunde Menschenverstand würde belehrend sagen, daß das Leben seine Lektion erteilt.

Eine Lektion war uns bis jetzt erspart geblieben. Ich hatte nur an den Kardinal geschrieben, weil ich wußte, daß Equilibre ein gewisses Vertrauen zu ihm hatte. Hätte ich die Familie alarmiert, zumindest einen Elternteil oder eines der Geschwister, Equilibres Verschwinden hätte überall die Runde gemacht. Tanten und Onkel, Cousins und Cousinen – wir hätten eine Serie von Einmischungen, Kommentaren und Vorschlägen über uns ergehen lassen müssen. Mir ist oft vorgeworfen worden, seit meiner Kindheit, daß ich keine Aussprachen suche und niemanden zu Hilfe rufe. Equilibre hatte sich in ihrer Jugend eine andere Methode angewöhnt. Sie verbarg die wichtigen Dinge vor Kommentatoren und ließ die nebensächlichen herumliegen wie Knochen, an denen noch Fleisch abzunagen ist. Auch das war ein Grund, warum ich sofort auf die Idee kam, Equilibre zu heiraten. Sie würde nie bestimmte Geheimnisse mit Freundinnen bereden und mir keine Schwiegermutter auf den Hals hetzen, die mich mit mitleidigen oder vorwurfsvollen Reden belästigte. Ich saß in dem Café und betrachtete das offene, von einer kleinen Mauer umschlossene Dreieck, und ich lächelte über mich selbst, als ich den dritten Kaffee trank, nun am Tisch sitzend, in der vagen Hoffnung, der Platz würde mir etwas über Equilibre verraten. Wie ein Idiot kam ich auf mein Konzept zurück, die Liebe zu schützen vor den Blicken und Reden der anderen, das Öffentliche zu meiden wie die Pest, das Öffentliche, das mit der unendlichen Familiengeschichte beginnt. Equilibre hätte mir jetzt als alte Sophistin entgegengehalten, daß jeder im Glashaus säße, auch der Privateste sei bereits öffentlich, selbst in einem Hortus conclusus.

Equilibres Anfänge in der Liebe hätten sich nicht öffentlicher vollziehen können. Sie war gerade vierzehn. Es war im Winter 1989/90, und sie hatte, spät im Vergleich mit den anderen Schülerinnen ihrer Klasse, gerade angefangen, sich täglich zu schminken. Es war ein Wochenende, an dem ihre Eltern zu Freunden in die Sologne fuhren und die jüngeren Geschwister, die noch zur Schule gingen, mitnahmen. Es war ein großes Landhaus, mit mehreren ehemaligen Ställen als Nebengebäuden, wo Gäste untergebracht wurden. Die Männer gingen auf die Jagd, Hasen, Fasane, Rebhühner, an jenem Tag. Es sollte sogar Wildschweine geben. Nur Rehe waren in jenem Jahr gesperrt. Am Abend gab es im Haupthaus ein Fest, das mit einem großen Essen begann, für das lange vorher abgehangenes Wild aufgetischt wurde. Die Frauen hatten den ganzen Tag damit zugebracht, Pilze zu putzen, Birnen zu schmoren, lange Tischtücher aus den Schränken zu holen und sich im übrigen in den Pausen Anekdoten von anderen Wildessen zu erzählen. Es waren ungefähr dreißig Gäste im Haupthaus und ungefähr fünfzig der Nachkommen in den Ställen. Dort gab es Betten und Schlafstätten, ein Teil hatte Schlafsäcke mitgebracht, und am Abend sollten mehrere Feuer im Hof angezündet werden, vorausgesetzt, daß es nicht regnete, an denen sie selber ihr Wild am Spieß braten mußten. Sie hatten den Tag wie einen freien Tag in ihren Internaten verbracht. Die Landschaft war ihnen versperrt wegen der Jagd, im Haupthaus störten sie nur, also hatten sie es sich in den Nebengebäuden und im Gelände, das zum Anwesen gehörte, bequem gemacht, Karten gespielt, gelesen, geraucht, sich zu zweit oder in kleinen Gruppen zurückgezogen und palavert. Es gab die wenigen Unvermeidlichen, die eine Gitarre mitgebracht hatten, weil sie Abende am Holzfeuer mit gemeinsam gesungenen Liedern verbanden, aber diese ewige Gemeinschaft war klein und blieb am Rande. Die Gruppe, die später am Abend die Musikboxen bediente, war auf das Innere der Ställe beschränkt. Das war strengstes Gebot, keine laute Musik, die kilometerweit die Landbewohner aus ihren Betten riß.

Es war furchtbar, hatte Equilibre gesagt, ich hasse solche Gemeinschaftsveranstaltungen, und ich hasse vor allem das Wort der Älteren *die Jugend,* ich hasse diese erwartete Fröhlichkeit ums Lagerfeuer, und ich hasse die besoffenen Revoluzzer genauso wie die nüchternen Gitarrenspieler und Liedersinger. Aber ich fand mich mit diesem Wochenende ab, wie man sich mit so vielem abfindet, bevor man darauf besteht, ein Wochenende zu verbringen, wie man will. Und ich glaube, es gibt keine Familie, die nicht diesen schrecklichen Fetisch hegt und pflegt, den Fetisch *Jugend amüsiert sich* – wenn sie nicht die Kehrseite dieses Fetisches als Gruselmärchen erzählt: *Die Jugend nimmt Drogen.* Es waren bestimmt ein paar Leute da, die haschten, aber sie fielen nicht weiter auf. Ich saß an einem Feuer mit ein paar Jungen und Mädchen, die sich nicht kannten. Die meisten anderen kannten sich von ähnlichen Festen her. Es war ein schöner Junge dabei, mit einer schwarzen Haarsträhne und einem blassen Gesicht, und wenn ich mich hätte verlieben wollen, hätte ich angefangen zu rätseln, ob er ein Melancholiker sei oder ein Außenseiter mit literarischen Neigungen oder kriminellen Gewohnheiten. Ich interessierte mich nicht für Jugendliebe auf Elternfesten. Ich verbrachte Stunden mit der Braterei am Spieß, ich glaube, es war sogar Vollmond, aber kein Mensch nahm Notiz davon. In der Nacht ging ich in den Stall zum Tanzen, aber im Grunde habe ich den ganzen Abend und die ganze Nacht nur getrunken, nicht schnell, nicht viel, sondern langsam und gründlich, ich war glasklar und wach, solange ich auf den Beinen war. Kaum war ich in der Horizontale, und das muß gegen sechs gewesen sein, verschwand alles in diesem Nebel aus Whisky und Eiswasser.

Sie hatte ab und zu in die Fenster des großen Hauses gesehen, sie sah die Erwachsenen an der langen Tafel sitzen und ihre Gabeln in den butterweichen Hasen stecken, der sechs Stunden geschmort hatte. Sie sah Frauen mit Gemmen mit Familienwappen an noch nicht alten Hälsen. Und später sah sie sie tanzen, die Alten, die zwischen fünfunddreißig und sechzig waren. Alles war wie bei den Jungen, das Licht gedämpfter, die Musik gedämpfter, aber die Frauen trugen lange Kleider, die unter den Achseln so weit ausgeschnitten waren, daß man von vorn und von der Seite ihre Brüste sah. Equilibre hatte ab und zu durch die Fenster gesehen, und dann war sie zurückgegangen zu ihrem Feuer, wo es am Spieß gebratene Vögel gab, und in die Halle in ihrer Scheune, wo es harmlose Musik gab, Johnny Halliday, Patricia Kaas, Axel Bed, und wo das Licht grell war, mit bunten Scheinwerfern, so daß der Whisky grün und violett aussah. Gegen Morgen war sie ins Bett gefallen, die Hälfte blieb noch auf, aber die meisten Mädchen hatten sich schon verkrümelt. Ins Bett gefallen war wohl der falsche Ausdruck, sie hatte die Ecke gefunden, in der ihr Schlafsack, ihr Rucksack, ein Kissen und ihre Decke lagen. Sie schlief nicht im selben Raum wie ihre Geschwister. Bei solchen Gelegenheiten trennten sie sich immer in stillschweigendem Einverständnis. Es waren ein paar andere Mädchen und Jungen in diesem Raum untergebracht, und ein paar von ihnen mochten auch schon schlafen.

Ich war stockbesoffen, sagte sie, und ich blieb gleich in den Kleidern, ich kroch nicht einmal in den Schlafsack, sondern legte mich darauf und zog mir die Decke über. Ich war stockbesoffen, aber mir war nicht schlecht oder schwindlig, und ich schlief gleich ein. Dann war ein ungeheures Gewicht über mir. Es war so schwer, daß ich fast nicht mehr atmen konnte, aber dann wurde es besser. Das Gewicht verlagerte sich nach unten, rutschte zwischen meine Beine, und ich glaube, ich sah im Dunkeln die schwarze Haarsträhne des Jungen vom Abend, aber ich weiß es nicht. Es ging ganz leicht, fast habe ich nichts gemerkt, ich war fast am Schlafen, aber ich war doch wach, und mein Körper war wie getrennt von mir. Oder nicht getrennt, aber er tat allein, was zu tun war. Ich habe fast nichts gemerkt, ich hatte weder Schmerzen noch sonst was, und es kam mir so vor, als hätte ich ein freundliches Tier auf mir liegen, das leise Laute von sich gab. Und es hatte nichts mit Liebe oder Sex zu tun. Oder mit irgendeinem Kitsch vom *ersten Mal.* Ich muß dann eingeschlafen sein, und als ich früh am Morgen kurz wieder aufwachte, lag der Junge noch neben mir, den Kopf an meiner Schulter, und dann schlief ich wieder ein und schlief bis zum späten Morgen, und als ich aufwachte, war ich allein. Und ich war zufrieden und dachte, daß ich nun keine alte Jungfer mehr wäre, und als ich beim Kaffee die anderen traf, dachte ich, wer es wohl war und daß ich mich nicht verraten würde, denn vielleicht wußte der andere auch nicht mehr, daß ich es war.

Am meisten beschäftigte mich die schwarze Haarsträhne, weniger die schläfrige Weise, in der Equilibre ihre Unschuld verloren hatte. Wenn wir auch nicht die Kindheit einer gemeinsamen Generation hatten, so sagte ich mir, wenigstens war es eine schwarze Haarsträhne. Seit meinem vierzigsten Lebensjahr trage ich Haare und Bart kurzgeschnitten, in dem Stil, den Equilibre südamerikanisch nennt. Aber vorher hatte ich längere Haare, und daß sie schwarz waren, darüber besteht kein Zweifel. Vielleicht hätte Equilibre keine Strähne in den Haaren gesehen, die mir in die Stirn fiel, sondern eher eine Locke. Ein wenig älter als Equilibre hatte ich eine Freundin und Geliebte, die oft von meiner schwarzen Locke sprach, die mir übers Auge fiel. Die Locke war ihr Fetisch, und wenn ich auch darüber lächelte und mich dagegen verwahrte, zu einem kleinen Spielzeug zu werden, so mußte ich doch zugeben, daß ich dieselben Verniedlichungen mit ihrem Blumenköpfchen oder ihren Puppenfüßchen anstellte.

Ich hatte gerade das Baccalauréat absolviert, meine Eltern überzeugt, daß das Studium von Philosophie und alten Sprachen das richtige für mich sei, und sie hatten beschlossen, mich nicht weiter durch die Welt mitzuschleppen, sondern mich in Paris zu lassen. Bevor ich mich endgültig untergebracht hätte, sollte ich vorläufig im Hause von Freunden wohnen, die gleich neben dem Parc Monceau ein Stadthaus besaßen. Ich war gerade achtzehn, und wenn man damals auch weit mehr als erwachsene Person behandelt wurde als ein heutiger Student in seiner verspäteten Kindlichkeit, wurde man doch erst mit einundzwanzig volljährig. Ich bezog also im Dachgeschoß des Hauses zwei kleine ineinandergehende Zimmer, die als Fenster ovale Bullaugen hatten und den Blick auf die Wipfel der Bäume im Park freigaben. Der Hausherr war ein Geschäftsmann und viel unterwegs in der Schweiz und in den Staaten, und das Paar hatte gerade vier Jahre in Afrika verbracht, wo es eine Tochterfirma aufgebaut hatte. Seine Frau war eine Freundin meiner Mutter, um einige Jahre jünger, und in der Zeit, als ich dort wohnte, war sie siebenunddreißig. In ihrem Körper schleppte sie noch die Trägheit des tropischen Klimas mit, die langen Regen und die dampfende Hitze und die Unzahl von Boys und Bedienten, die man dort zur Verfügung hatte. Das alles bringt einen um, sagte sie. Die Größe der Häuser, der immense Platz, den man dort zur Verfügung hat, ohne dafür wirklich zu zahlen, der immense Luxus, die Dienstboten, die Autos und die endlosen Einladungen zu Dîners und Bällen. Alles spielt sich ab wie um Jahrzehnte verspätet. Eine dünne Schicht von weißen Franzosen, das endlose Nichtstun der Frauen, die melancholischen langen Nachmittage, die Abgeschiedenheit von aller Welt, von den Zentren der Kultur wie von den Einheimischen, die Bälle, die sich bis in den Morgen hinziehen. Man kommt darin um, sagte sie, denn die Leute, nicht alle, aber die meisten, kommen nur, um zu nehmen, ums schnelle Geld zu machen, und hinterlassen nichts, keine Freundschaften, keine Gewohnheiten, keine Kultur.

Seit einem Jahr war sie zurück. Sie hatte einen Sohn von zwölf Jahren und in meinen Augen die ruhige, gerade und würdevolle Gangart von afrikanischen Wasserträgerinnen. Sie trug meist enggewickelte, bis über die Waden fallende Röcke aus Rohseide und im Sommer flache Sandalen dazu. Sie saß gerne in einem Fenster auf einer eingebauten Bank und las oder blickte in den Garten, denn, wie gesagt, sie hatte die Trägheit des anderen Kontinents noch in den Knochen und beschränkte ihre geselligen Unternehmungen, abgesehen von ein paar wenigen Freunden, auf die Zeiten, wenn der Hausherr in Paris war. Wie oft saß ich in ihrem kleinen Garten, den sie selten betrat, und sah sie dort im Fenster sitzen. Der Garten war ein winziger Stadtgarten, umgeben von einer hohen Mauer aus ockerfarbenen Quadern, die – ganz im Stil des angrenzenden Parc Monceau – in regelmäßigen Abständen von glatten Säulen mit Voluten-Kapitellen unterbrochen wurden. Daß sie sich sowenig in dem Garten aufhielt, mochte daran liegen, daß er sehr schattig und sehr dicht bewachsen war. Zwei uralte Steineichen filterten das Licht, das ohnehin von den angrenzenden *hôtels particuliers* abgefangen wurde, und riesige Rhododendronbüsche mit tiefroten Blüten säumten in unregelmäßigen Abständen die Mauern und die winzigen Rasenstücke. Rechts und links vom Haus standen zwei steinerne Bänke an der Wand, die meist feucht vom Tau oder Regen waren. Vom Haus aus führte eine winzige, halbovale Terrasse mit vier Säulen über sechs Stufen hinunter, und von Andrées Fenstersitz sah man auf ein ovales Becken mit einem kleinen Hermes-Torso in der Mitte. Wie liebte ich diesen schattigen Garten, in dem sich nie jemand aufhielt, die dunkelroten Blüten des Rhododendron und von ein paar Rosen und jene Stunde, in der das Sonnenlicht gerade auf Andrées Fensterbank fiel. Ich hatte wenig Umgang mit ihr, ich durfte den Garten benutzen, aber ich hatte meine eigenen Zimmer im Dach und war auch häufig auf den Terrassen der Cafés des Boulevard St-Michel anzutreffen. Es war keine Liebesgeschichte, die sich über zwei Jahre, die ich dort wohnte, hingezogen hätte. Andrée war nicht die schöne Frau, die den jüngeren Eleven in die Liebe einführt. Sie war keine Verführerin, und ich glaube, sie war ihrem Mann so weitgehend treu wie es für eine Pariserin fast unmöglich ist. Es gab keine Liebe, keine Sehnsüchte, keine Anbetung von ferne, nicht einmal eine Verehrung, die mich beschäftigt hätte. Wenn ich es genau überlege, war nicht einmal eine große Spannung da, die mich von Zeit zu Zeit unweigerlich zu ihr hingezogen hätte. Aber wenn ich sie in ihrem Fenster sitzen sah, überfielen mich Zuneigung und Melancholie zugleich, ich wünschte immer, die Stunden zögen sich ein wenig länger, in denen wir, getrennt voneinander und ohne uns auch nur ein Wort zuzurufen, mit unseren Lektüren dasaßen. Und auch sonst fand ich sie reizend. Ob ich ihr auf der Treppe begegnete, wenn sie mit Paketen beladen nach Hause kam, ob ich sie durch die offene Tür mit ihrem Sohn sprechen hörte oder ob sie mich manchmal mit zwei, drei anderen für eine Stunde zum Aperitif einlud. Aber ganz zum Schluß, kurz bevor ich in ein Studentenzimmer in der Rue Victor Cousin umzog, ergab es sich, daß wir an einem hellen Morgen allein im Haus waren und sie mich gerufen hatte, um ein paar Details wegen des Umzugs zu besprechen. Wir gingen zu ihrer Bank im Fenster, wir setzten uns, und sie erzählte mir von den Jahren, die sie in ihrem Garten verbracht hatte, und plötzlich küßte ich sie, und sie schlang ihre Arme um meinen Hals und zog mich die Treppe hinauf bis in mein Dachstübchen, und ich war ihr dankbar, daß sich der Ehebruch, der sich nie wiederholte, nicht in ihrem Ehebett vollzog. Und in meinem Bett liegend, sagte sie, sie habe sich immer gefreut bei dem Gedanken, daß ich wie ein Vogel in ihrem Garten säße, ein Vogel mit einer schwarzen Locke.

Zum wievielten Male zeigen mir diese beiden Geschichten, wie wichtig und wie unwichtig die Rolle ist, die die Wahl in der Liebe spielt. Sicher, es gibt das Beispiel, daß Menschen wie Hunde übereinander herfallen, angeblich, weil das Weibchen zu bestimmten Zeiten einen unwiderstehlichen Geruch ausströme. Aber gibt es nicht auch Beispiele, daß ein Hund von allen läufigen Hündinnen in einem Park eine einzige den anderen vorzieht und daß diese eine einzige genauso schöne lange Gehänge und seidiges Fell besitzt wie der Hund oder daß im Gegenteil die eine einzige ein unansehnliches Straßenkötergemisch ist mit kahlen Stellen im Fell und einem triefenden Auge. Wer die Leidenschaft auf solche Instinkte reduziert, findet Unterstützung in gewissen amerikanischen Action-Filmen. Dort sagt Michelle Pfeiffer zu Al Pacino: In der Liebe glaube ich nur an die animalische Anziehung. Verkappte Formen eines primitiven Darwinismus. Was die Gerüche betrifft, so sind sie ohnehin meistens künstlich. Ich möchte am liebsten das Zimmer verlassen, wenn es von einem schweren Parfüm erfüllt ist, anstatt sich auf die Haut seiner Trägerin zu beschränken. Das Paradox der Wahl läßt sich so formulieren: Leidenschaft hat nichts mit freier Wahl des freien Willens zu tun. Darüber hinaus hängt die Wahl in der Liebe nicht von Vernunftgründen ab. Oder spielt die Wahl nur in der Leidenschaft keine Rolle, während Liebe durchaus für vernünftige Gründe zugänglich ist? Gegen die Vernunftgründe spricht der Irrtum. Der Irrtum in der Liebe beschäftigt uns tausendmal mehr als die Wahl, und eben nicht nur in der Leidenschaft. Sagt man über die Leidenschaft, sie konnte nicht anders, sie wurde wie magisch zum anderen hingezogen, sagt man über die Liebe, sie mache blind, so zieht die Liebe der Leidenschaft gleich, wenn sie sagt, es kommt aufs gleiche hinaus, denn man irrt sich fast immer. Die Gründe für diesen Irrtum aufzuzählen ist weitaus interessanter als die Gründe für eine Wahl, die, bevor sie verworfen wird, immer naiv bleibt. Wie es denn immer interessanter ist, etwas Konkretes zu analysieren, als ein Projekt zu entwerfen. Wenn ich sage: Die oder keine und begründe vor mir diese Wahl, indem ich mir aufzähle, was sie an Vorzügen aufweist und was sie an Passendem zu bieten hat, so entwickle ich eine Perspektive, die notwendig auf das Objekt der Wahl zuläuft. Die Wahl von Equilibre lief auf die Gartenbank zu im perspektivischen Raum. Die Wahl war intuitiv und in bezug auf das Konzept der Liebe perspektivisch. Ich bin als der Architekt unseres Liebesgartens der Gefangene der Leidenschaft, die ich selbst erfunden habe. Mein Konzept der Liebe hat die Wahl nicht ausgeschlossen. Doch es wäre nur wahrscheinlich gewesen, daß unsere Beziehung durch das Überwuchern der wechselseitigen Projektionen verhindert wurde. Statt dessen wurde das Verstehen die klassische Basis. Die beiden Szenen unserer ersten Liebe zeigen mir das ganze Spektrum von Überflüssigkeit, Notwendigkeit und Irrtum in der Wahl. Doch ein kleiner ummauerter Stadtgarten spielte in unserer beider Jugend eine zufällige, aber wichtige Rolle und gibt dem Verliebten in mir das versteckte Zeichen, dessen auch der Skeptiker und Rationalist bedarf. Es ist wie das Ehespiel zwischen Liebenden. Das Echo wiederholt nie nur fragmentarisch die eigene Stimme, sondern variiert den eigenen Wunsch schon Jahre vorher. Im dunklen Wald der Liebe irren die Stimmen und Zeichen umher, sie finden sich zum Verwirrspielen, wo einer den anderen bei Tageslicht flieht und auf jene andere Weise sucht, den Trug der Spiegelbilder als Wahrheit zu enthüllen. Der Irrtum und seine Gefahren spielen in der Liebeswahl eine viel größere Rolle als dessen illusorische Garantie. Die Detektivarbeit, die der Liebende auf sich nimmt, um die Zeichen zu deuten, die der andere gibt, führt ihn in ein Netz von Spuren, Vermutungen und Hypothesen. Jetzt erst, da ich diese Seiten schreibe, deute ich die kleinen Geschichten über den Hortus conclusus in Equilibres und meiner Jugend als sicheres Zeichen jenes intuitiven Verstehens, das im Anfang der Liebe die einzige Basis sein kann. So richtig es ist, daß Verliebte heute, ohne daß gesellschaftliche Verbote sie hindern, sofort miteinander ins Bett gehen, so wenig befreit es die Liebenden von der Arbeit des Verstehens durch Aufmerksamkeit und Beobachtung. Früher zog sich das manchmal über Jahre hin: Ein junger Mann kommt in das Haus von Freunden und hat Gelegenheit, das junge Mädchen seiner Wahl zu beobachten, nicht im Sinne eines Polizeidetektivs, der Schuld sucht, sondern im Sinne eines Interessierten, der einen anderen auf sich wirken läßt. Und er sieht, wie das Mädchen mit den Geschwistern spielt oder mit den Hunden, wie es ein Glas hält oder Tee einschenkt, wie es die Füße kreuzt, einer Tante antwortet, einen Verehrer vertröstet oder ihre Neugierde in der Oper befriedigt. Er hört, was sie sagt, sieht, welche Schleifen und Locken sie trägt bei welchem Anlaß und wann sie den Ball verläßt. Dieses Netz von Gesten, Gewohnheiten, Verhaltensweisen war in früheren Gesellschaften viel rigider und konventioneller vorgeformt, Equilibres Philosoph würde sagen: codiert. Wir behaupten gerne, daß der einzelne mehr Sicherheit erfahren habe in jenen Epochen, weil die gesellschaftlichen Zeichen weniger offen und eindeutiger definiert waren. Trägt die Geliebte ein gelbes Kleid, bedeutet die Farbe Ablehnung der Werbung, und reicht sie zwar den Arm, um zu Tisch zu gehen, schenkt aber den Tee nicht selbst ein, bedeutet es Zögern. Wir behaupten die Unsicherheit des Ichs auf dem fragilen Boden offener Zeichen. Aber gibt es nicht auch heute Schleifen und Locken und Farben von Kleidern? Einladungen und Kinobesuche, an denen der sehnsüchtige Blick abzulesen versucht, wie hoch das Thermometer gestiegen ist. Und gibt es nicht auch heute angebliche Kenner, die behaupten, eine Frau, die in Paris einen Kaffee mit einem Mann trinke, willige gleichzeitig ein, mit ihm ins Bett zu gehen. Der Kaffee ist das Zeichen, aber ich bin nicht so weit vorgedrungen in dieser Wissenschaft, um zu wissen, welche Nuancen Zucker und Sahne signalisieren. Dieselben Kenner gehen anthropologisch von der Polygamie des Menschen aus, die Monogamie halten sie für das Ergebnis kultureller Tradition. Warum hält es sich trotzdem hartnäckig, daß der Auswahl eine Wahl folgt und daß nur der eine und einzige übrigbleibt für den Moment der Liebe?

Die Rhetorik von der Einzigartigkeit scheint einem konstanten inneren Wunsch zu entsprechen. Es bleibt also bei der Suche jenes einzigen Bildes, das dem eigenen Verlangen in der Liebe entspricht. (Ich behaupte nicht, daß es ein Leben lang dasselbe Bild sein muß. Solche Wiederholungsfälle führen meistens zu schwindelerregenden Verdoppelungen wie in *Vertigo.*) Ich wußte schon eine Weile, daß die Bilder der Immobilität mich seit je faszinierten, die Sitzende, die Liegende, die Schlafende. Ich denke an die Venus von Tizian, an die Maja von Goya, an die Olympia von Manet. Ausnahmsweise kann diese Immobilität auch bei stehenden Figuren vorkommen. In den somnambulen Bildern von Edward Hopper und in den starr aus dem Bild herausblickenden, im Bild isolierten Figuren von Manet, bei Christian Schad oder den narkotisierten Figuren von Paul Delvaux. Immobilität, die Sitzende, die Liegende – das war meine Gartenbank zwischen den Pappeln, das war der Liegestuhl auf der Terrasse, das waren Sofa und Kanapee und Bett. Nach all den Jahren fiel mir plötzlich die kleine Szene in meinem Dachzimmer in der Rue de l'Odéon wieder ein: Equilibre nackt und mit einem heruntergerollten Strumpf aufrecht am Fenster stehend, und sie kam mir vor wie die zarte Venus von Botticelli mit dem manieristischen Haarbogen, der eine diagnonale Dynamik in die Figur bringt, die steht, die in der Muschel übers Meer ans Land getragen wird wie eine Statue, die lebendig ist. Diese Sitzenden und Liegenden und Stehenden waren auf der Bühne meiner erotischen Phantasie von Equilibre besetzt. Eine Zeitlang ist dieses Paradox lebensfähig: Der geliebte andere besetzt ideal eine Rolle und bleibt gleichzeitig ein Subjekt mit einer Identität, die in der Figur nicht verschwindet. Dieses Paradox mag einer der Gründe sein, warum so viele Autoren, von Montaigne bis Stendhal, von der Unvereinbarkeit von Leidenschaft und Ehe sprechen. Unvereinbar scheint der Mythos des Liebesanfangs mit der Dauer einer Beziehung. Er lebt vom Schattenspiel, bei dem sich die Figuren der erotischen Phantasie und die Variationen der noch kaum gekannten realen Person unaufhörlich ineinanderschieben, bis sie sich für ein festes Rollenrepertoire entscheiden. Doch auch in einer langen Beziehung ist es unmöglich, sich den irrationalen Anteil der Faszination vom anderen zu verbieten, den Mythos des Anfangs, der Schmerz und Lebenswahn bis zur Sehnsucht nach Auflösung und Liebestod bedeutet. So sehr die Spannung zwischen mythischen und realen Elementen die Liebe zuweilen zu zerreißen droht, so sehr kommt das Verbot des Mythos der Bezauberung und der Fetische dem Tod der Liebe gleich. Kierkegaard hat versucht, diese paradoxe Spannung als verschiedene Stufen der Liebe darzustellen. Leidenschaft sei der höchste Wert des Ästhetischen. Aber das Ästhetische im Leben müsse überwunden werden, um in ein höheres Stadium einzutreten: ins Ethische, und das heißt bei Kierkegaard: in die Ehe. Das Ästhetische wird als weniger hochrangig behandelt als das Ethische. Der moralische Nutzen fehlt dem Außermoralisch-Ästhetischen, ein Mangel, den Ethik nicht hat. Aber in der hypothetisch geforderten Freiheit des Ästhetischen vom Ethischen liegt auch ein moralischer Aspekt, und diese hypothetische Forderung ist das utopische Moment der Liebe. Das Ausspielen von Agape gegen Eros ist eine blutleere Konstruktion, in der der Sprung ins Absurde, nämlich die Hypothese, daß Liebe möglich ist, bei Kierkegaard durch die Religion abgefangen ist.

Die Liebe als Beziehung ist kein Modell, weder ein Stufenmodell noch ein dialektisches, vielleicht nicht einmal ein paradoxales. Wer hat sich nicht schon in ein reizvolles Wesen verliebt, wer träumte nicht mit ihr vom Frieden am häuslichen Herd und bekam jene sprichwörtliche Hölle auf Erden, von der die Frauenbilder als Hexe und Schlange sprechen. Vielen, wenn sie mein stilles Leben und die letzten dramatischen Tage mit Equilibre kennten, wäre ihre Unbequemlichkeit, im Geiste mehr als in der Psyche, schon ein kleines Fegefeuer. Viele, denen ihre sogenannte Untreue nicht gefällt, versuchten eine Schuld daraus zu konstruieren oder einen Mangel als Ursache zu suchen, aus dem heraus die Untreue weniger schuldhaft bleibt. Unschuld und Untreue sind die großen Topoi, die zur Leidensgeschichte von Frauen gehören. Ein protestantischer Autor versucht in seinem Buch *Die Liebe und das Abendland* zu beweisen, daß alle Leidenschaft den Tristan-Mythos wiederhole und die Geschichte eines Ehebruchs sei. Doch Tristan trank den Liebestrank vor der Heirat Isoldes mit Marke. Der Bruch eines Versprechens konnte so schwerwiegend sein wie der Bruch der Ehe. Wenn Liebe nur durch einen Sprung zum anderen über den Abgrund hinweg, der zwei Menschen trennt, möglich ist, so kann auch Treue keine moralische Verpflichtung sein, sondern nur eine Konstruktion des Absurden. Treue – kein moralischer Konservativismus, sondern ebenso absurd wie Leidenschaft. Kein moralisches Gesetz kann einen Menschen zur Leidenschaft verpflichten, obwohl das Gesetz der Liebenden die Leidenschaft einklagt wie eine Schuld. Kein moralisches Gesetz kann Treue befehlen, obwohl das Gesetz der Liebenden und der Gesellschaft den Verstoß gegen die Verpflichtung zur Treue jahrtausendelang mit Strafen verfolgt hat. Es heißt in den Büchern, handelnde Liebe sei Treue, sei der Wunsch, für das geliebte Wesen zu handeln, und wer für das geliebte Wesen handle, könne nicht untreu sein, weil Untreue heiße, gegen den einzigen anderen zu handeln. Aber heißt es nicht auch, Selbstaufopferung sei der Anfang vom Ende und Treue zu sich selbst in der Güterabwägung wichtiger als Treue zum anderen? Heute leben wir in dem Widerspruch: Beziehungen werden nicht mehr durch gesellschaftliche Restriktionen zu ummauerten Gefängnissen, und zugleich führt die Empörung über die Untreue weiter die Spitze der Vorwürfe an. Untreue definiert nicht mehr die Schuld in der Ehe, und zugleich stellt sich jene absurde Treue immer wieder von selbst ein, wenigstens in Momenten der Liebe. Diese absurde Treue, in die kein Gesetz und kein Über-Ich hineinregiert, die allein aus den sich wiederholenden Momenten von Liebe entsteht, hat es schwer, sich zu halten. Unaufhörlich nagt der Verrat an ihrem fragilen Sockel. Der Verrat, der sich nicht nur in einer sexuellen Untreue äußert, sondern in der Preisgabe von Geheimnissen, in Indiskretionen oder einfach in einem dahingesagten Satz, der über den Geliebten ein minderes Urteil fällt.

Und was wäre Saint-Polars *Untreue*? Hätte er nicht hingehen und Equilibre, die uns verlassen hat, eine absurde Treue halten können, mit derselben Unvernunft, aufgrund desselben Versprechens, das die Leidenschaft gesucht hatte? Ich will nicht darüber urteilen, warum er mit Madame Tourmel vielleicht eine Zufallslösung gefunden hat, die keine Lösung sein kann. Aber ich urteile doch: Equilibre ist allein. Ob sie uns nun noch liebt oder nicht. Saint-Polar hat sich mit der ersten besten Gelegenheit begnügt, ich urteile und verurteile und weiß doch, daß die Formulierung von der bequemen Gelegenheit mir zum Strick werden kann. Weiß ich, ob die bequeme Haushälterin, die zum Repertoire des bequemen Patriarchen gehört, nicht am Ende die unbequemste und sein Leben weitaus mehr komplizierende Lösung ist? Es scheint, als sei Saint-Polar in doppelter Hinsicht der Schwächling: der leidenschaftliche, der die Katastrophe geradezu wünscht, und der unmenschliche, der in der bequemen Lösung keine Verpflichtung zur Wahl auf sich nimmt.

Schuld, Untreue, Liebe? Die Rollenverteilung definiert uns so: Soudain ist: die Liebe als Entwurf. Equilibre ist: die Liebe zur Liebe. Saint-Polar ist: die Liebe als Passion. Und Madame Tourmel ist: die Liebe als die sich bietende Gelegenheit. Die Definitionen sind nicht definitiv.

Offenbar liebt Saint-Polar die Rolle des Gastgebers, seitdem er Madame Tourmel zur Hand hat. In den knapp drei Monaten, seit er bei uns ausgezogen ist, hat er mich dreimal eingeladen. Das zweite Mal sagte ich ab, aber das dritte Mal hatte ich eine kleine Karte von Equilibre erhalten, steckte sie in meine Brusttasche und ging so gewappnet hin, im Grunde nur aus Neugierde auf Madame Tourmel, die praktische Liebe.

Dieses Mal waren mehr Leute da als das letzte Mal. Man saß nicht am Tisch, sondern stand herum und setzte sich später mit den Tellern in der Hand auf Stühle. Saint-Polar leistete sich die Unverschämtheit, einem Gast, der mit dem neuen Verhältnis noch nicht vertraut war, Madame Tourmel vorzustellen, indem er sagte: Und das ist meine Haushälterin. Alle lachten und niemand glaubte es. Sie sah schön aus wie ein verspäteter Stummfilmstar aus den vierziger Jahren. Die Augenbrauen hauchdünn ausgezupft, das ruhige ovale Gesicht marmorblaß und nur der Mund in einem tiefen Rot geschminkt. Sie trug noch immer das schwarze Haar glatt zurückgekämmt und den Knoten im Nacken, und sie war ganz in Schwarz, was den Hauch von spanischer Witwe noch verstärkte. Sie trug ein schmales langes Oberteil aus schwarzem Samt mit weiten Ärmeln und enge schwarze Seidenhosen. Da sie ihre ein wenig steifen und tantenhaften Kleider abgelegt hatte, sah sie zehn Jahre jünger aus. Das einzige, was sie noch verraten konnte, war ein hauchfeiner Geruch nach einem Deodorant aus dem Supermarkt. Ich fragte mich, wie eine Nase, die Equilibres Haut kannte, ihre leichten Eaux de Toilette, die nach Zitrone und Sandelholz rochen, diesen hygienisch domestizierten Körper riechen konnte. Ein nicht üppiger, aber fleischlicher Körper, der von Natur aus keine besonders scharfen Gerüche ausströmen mochte, keine sexuell anregenden, sondern feucht-warme, leicht dampfende Ausdünstungen. War ich eifersüchtig auf Madame Tourmel? Aber nein, sie roch noch nach diesem Deodorant, und so begabt sie sich einer blitzschnellen Erziehung unterworfen hatte, die aus ihr die Geliebte eines Anwalts machte, so sehr strömte sie mit diesem Deodorant die haushälterische Art aus, die das Glück in Hygienemittel verpackt und sich dem Verdacht aussetzt, ihre hohe Anpassungsgabe sei das Ergebnis einer scharfen Preiskalkulation.

Und wie er sie erzogen hatte, ganz wie bei unserem Fest, hatte er ihr Einfachheit und Verzicht auf Dekoration verordnet. Was Equilibre nie geschafft hatte, daß sie den Schinkenspeck im Coq au Vin wegließ oder die Scheibe Foie Gras auf dem Rinderbraten, das hatte Saint-Polar erreicht. Es gab kalte grüne Linsen, danach kalte gebratene Entenbrust, zartrosa und saftig, in fingerdicke Scheiben geschnitten, als einzige Beilage gehäutete und in Sahne und Mandelblättern gewälzte Feigen, die in ein wenig Butter im Ofen gebacken waren. Zum Schluß eine hauchdünne Tarte au Chocolat mit in Cognac getränkten eingelegten Kirschen. Diese Frau ohne besondere Erziehung hatte schnell gelernt, daß es besser ist zu schweigen, als sich mit falscher Redseligkeit zu verraten. Sie sagte nur wenig, wie eine Frau, die kaum lächelt, um ihre schlechten Zähne nicht zu zeigen. Ich beobachtete die beiden, während ich mich mit den anderen unterhielt, und fand wie früher, daß Saint-Polar mit seinem violett- und blaugestreiften Hemd und seiner langen Mähne alles andere als ein Spießer sei, schon gar nicht einer, der nach der großen Passion die Frau sucht, die er bequem führen kann und die ihn versorgt.

Ich gab Primavera, die ich wie immer, seitdem ich allein

war, mitgenommen hatte, ein Stück von der Entenbrust, eine Unart, die zuvor nur Equilibre gestattet war. An der leisen, unterdrückten Empörung von Madame Tourmel – fast ein Aufschrei, ein lodernder Blick – las ich, bildlich gesprochen, die Schürze ab, die sie zwar abgelegt hatte, aber nicht die haushälterische Küchenrolle mit ihr. Und auch wenn man ihr zugestand, daß sie sich jene überanstrengten Finessen wie Mandarinenscheiben auf einer Thunfischfarce abgewöhnt hatte, kam mir die ganze Darbietung jetzt doch vor wie ein Kochwettbewerb. Es fehlte ihr die Leichtigkeit (und die Gleichgültigkeit) von Saint-Polar, die vielleicht am schwersten zu lernen ist, vielleicht überhaupt nicht. Wäre ich nicht ein wenig eifersüchtig gewesen für Equilibre, hätte ich vielleicht weniger unbarmherzig geurteilt. In meinen Augen kämpfte Madame Tourmel gegen Windmühlen, aber sie hatte nicht den Charme Don Quijotes. Sie stand wie in Konkurrenz zu einem unsichtbaren Phantom. Wie oft hatte Saint-Polar selbst aus einer Lasagne, einem Topf Spaghetti oder einem mit Knoblauch bepinselten Huhn eine feudale Einladung gemacht. Ich bin sicher, auch Madame Tourmel wird ihre Verteidiger finden: Sie hat Saint-Polar aufgefangen, werden sie sagen, in einem Moment seines Lebens, als Equilibre ihn wie eine Biene ausgesaugt hatte und nichts für ihn aufgeben wollte. Aber ich wollte an diesem Tag nicht der Advocatus sein, der die Regel befolgt *et altera pars*. Als es Zeit war, nahm ich Primavera und verabschiedete mich, und an der Tür gab mir Madame Tourmel ein kleines Glas mit Mirabellenkonfitüre mit, die sie selbst eingekocht hatte.

Existiert Liebe wirklich nur als Entwurf? Wenn ich den Haushalt von Saint-Polar jetzt auch banal fand, mußte ich doch zugeben, daß kein Außenstehender je alle Dimensionen in einer anderen Beziehung erfassen kann: Wußte ich, welches hohe Ideal Saint-Polar aus Madame Tourmel machte? Wußte ich, ob diese neue Stilisierung einer Frau nur die Vertuschung ihrer objektiven Mängel ausdrückte, eine Lebenslüge? Doch ist das Verbot, Frauen zu idealisieren, wirklich eine humanere Lösung? Komplizierte Personen flüchten immer wieder vor der Banalität ihrer Lebensumstände in jene kleinen Lügen, die sie aufwerten. Ich komme nicht weiter, ich renne wie gegen meine eigene Wand. Ob ich die Liebe als Ideal wähle wie Saint-Polar, ob ich die Liebe als eine Mischung von Paradox, Imagination und Lebensrealität wähle oder ob ich sage, wie die Pragmatiker, die Liebe ist die Liebe, sie ist nichts sonst, alles andere ist metaphysischer Unsinn. Hätte ich unseren Garten als ein Konzept der Ehe entworfen und ausgeführt, anstatt einen ausgegrenzten Raum für Equilibre daraus zu machen, wäre unsere Ehe dann gutgegangen? (So wie andere Paare gemeinsam einen gemeinsamen Garten anlegen, dessen Höhepunkt im 18. Jahrhundert eine kleine Insel mit einem Liebestempel gewesen wäre.) Der Hortus conclusus ist ein leerer Garten in der Gegenwart. Er ist verlassen, er wartet nicht auf die Zukunft. Der Platz von Equilibre ist leer, und nur manchmal ruht sich die Amsel auf ihm aus, Equilibres Lieblingsvogel, besonders in der Morgen- und Abenddämmerung, wenn er sang. Vögel lieben verlassene Plätze, und Equilibre nannte ihre Amsel einen Liebesvogel, der die reine Heiterkeit in ihren Garten trüge, ohne die Prätention chinesischer Nachtigallen zum Beispiel. Der Winter ist jetzt meine Zeit, und wir haben die vier Jahreszeiten durchlaufen, den Herbst mit Saint-Polar und jenen Frühling, einen Höhepunkt der Liebe. Equilibre lag auf der Bank und sagte meinen Namen. Und jetzt sehe ich die Perspektive auf eine Bank im Sommer zulaufen, eine leere Bank, die ein Versprechen ist, eine Bank, die als Zentrum des Unmöglichen besetzt ist.

Es war ein Sommergewitter, alle Fenster des Hauses standen offen, um die Kühle in die warmen Zimmer zu lassen. Der Regen rauschte in den Büschen und schäumte in den Wasserbassins, auf den Wegen sah man Fußspuren von jemandem, der in letzter Minute die Kissen von Equilibres Bank geholt hatte. Die Fußspuren durchkreuzten sich, als wären es zwei Personen gewesen, die sich dort begegnet waren. In dem verlassenen Garten waren die Fußspuren im feuchten Sand wie die von zwei Schatten, Schatten von uns, die wir im Haus waren, die sich verspätet hatten, bevor sie uns folgten, die sich über das Wasser beugten, in dessen Spiegel ihre Köpfe sich nicht mehr zeigten, als hätte der schäumende Regen wie der Tod ihr Spiegelbild vertrieben. Wir saßen unten im Zimmer, die Fenster standen weit offen, der Regen hielt an, eine Stunde, dann zwei. Langsam drang Feuchtigkeit ins Haus, der Geruch nach Regen und frischem Grün, und aus dem kalten Kamin sank ein beißender Geruch vergangener Feuer in unsere Nasen. Equilibre saß auf dem kleinen Sofa an der dem Fenster gegenüberliegenden Wand, und Saint-Polar, dem ich eine Jacke geliehen hatte, weil er fror, saß in einem tiefen Sessel. Ich dachte, sie müsse es fühlen, sie müsse fühlen, daß meine Augen auf ihr ruhten, sie müsse es fühlen mit ihrem ganzen Körper, und wenn meine Augen sich schlössen, müsse es Nacht werden in ihr. In der Dämmerung sah meine Jacke violett aus, die Amsel fing an zu singen, ein kleiner Prophet der Übergangszeit.

Ich trug die kleine Karte bei mir in der Brusttasche, die Equilibre mir geschickt hatte. Wie immer suchte sie den ausgleichenden Mittelweg. Sie würde nicht zu mir kommen, ich würde nicht zu ihr kommen, aber sie fragte mich, ob ich sie am übernächsten Donnerstag in der *Tartine* in der Rue de Rivoli treffen wolle, sie arbeite nachmittags von vier bis neun in dem italienischen Buchladen und gegen halb drei leere sich die *Tartine* von den Mittagsbesuchern.

Ich habe sie wiedergesehen. Jetzt, während ich das aufschreibe, kommt mir nichts so traurig vor wie ein Wiedersehen, auf das man vielleicht keine Hoffnungen gesetzt hat, zu dem man aber nicht hinginge, wenn man nicht doch etwas erwartete, eben das Wiedersehen. Ich war sehr vorsichtig und freute mich nur ein wenig darauf, sie wiederzusehen, aber nun, einige Tage danach, bin ich nicht nur traurig wie in dem Moment, als ich wegging aus dem Café, sondern, wie mir scheint, undankbar und unzufrieden darüber, daß sich nichts ereignet hat. Aber du hast sie wiedergesehen, sage ich mir, und manchmal sehe ich Primavera an, als fände ich in ihr, in ihren Augen ein Echo dieser Begegnung.

Sie saß schon da, als ich in die *Tartine* kam, und ich

hätte gleich merken müssen, daß sie den Tisch für mich gewählt hatte. Sie saß sonst immer gern im Fenster wegen des Tageslichts und wegen der Passanten, jetzt hatte sie sich an den Ecktisch an der hinteren Wand gesetzt, wo kaum ein Mensch saß. Vor ihr stand ein kleiner *ballon* mit einem jungen Sancerre, und sie hielt eine Zigarette in der Hand, sie war mager und hatte scharfe Falten um die Nase. Sie sah älter aus und trug ein schwarzes Kostüm mit einem tiefgezogenen Pelzkragen und Pelzstulpen. Wie traurig es ist, jemandem gegenüberzusitzen, der fremd ist. Die ganzen Monate war ich in Gedanken mit jener Equilibre umgegangen, die ich kannte. Und nun warf mich schon eine spitze Nase und ein Kostüm mit Pelz um. Wir bestellten einen kleinen Chèvre und Sancerre und fanden, daß sich in der *Tartine* nichts verändert hatte. Dieselben verräucherten gelbbraunen Wände, dieselben milchweißen Kugellampen, dieselbe mächtige Theke und dieselbe Kellnerin, die an der Wand stand und Brote mit Saucisson Sec belegte. Derselbe Geruch nach Fässern und ausgelaufenem Wein und dieselbe Klientel, Zeitungen lesende Intellektuelle und Debatten an kleinen Tischen. Eine Weile verging mit diesen Gesprächen und mit Bestellungen. Eine Weile verging mit der Begrüßung von Primavera, die Equilibre so zutraulich und gleichzeitig höflich begrüßte, als sei sie eben weggegangen, aber keine Person von solcher Bedeutung, daß sie die Beleidigte gespielt und den Platz unter meinem Stuhl vorgezogen hätte. Sie legte ihre Vorderpfoten auf Equilibres Knie, ließ sich Ohren, Gesicht und Rücken streicheln, ein Stückchen Chèvre füttern, und legte sich dann an die Seite des Tisches zwischen uns beide, den Kopf zwischen den Pfoten, und betrachtete von unten das Treiben im Café, als höre sie wie seit je den Stimmen der Personen zu, an deren Leine sie ausgeführt wurde. Primavera benimmt sich ganz *comme il faut,* sagte Equilibre, kein hündisches Gebell im Café, kein Freudengeheul, keine beleidigte Diva. Sie ist dicker geworden, sagte sie, ich vermute, du fütterst sie jetzt auch bei Tisch.

Equilibre zeigte nicht das geringste Interesse daran, wie wir jetzt lebten. Ich war es, der die Unterhaltung mit Anekdoten bestritt. Primavera müsse mindestens viermal betteln, damit sie ein Bröckchen vom Tisch bekam, ein umständliches Ritual, das verhindert, daß sie viel fraß, und ermöglicht, daß auch ich mich ungestört dem Essen widmen könne. Ich erzählte Equilibre die komischen letzten Auftritte von Madame Tourmel, die meinen Junggesellenhaushalt nur noch betreten hatte, um mir Großpakkungen mit Vorräten in Küche und Bad zu knallen und eine hastig gekochte Mahlzeit in den Kühlschrank. Und wenn ich das Kaninchen aufwärmte, zum Beispiel, sahen die Champignons in der Sauce aus, als steckten sämtliche Vorwürfe Madame Tourmels gegen mich und mein neues Junggesellenleben darin.

Wir sprachen nicht über uns. Nach dem weißen Sancerre und den Crottins bestellten wir einen roten Sancerre und einen Brouilly und ein großes Pain Poilâne mit Saucisson Sec, und Equilibre sagte, sie werde angeheitert in ihrem Laden erscheinen. Immer noch Tabucchi und Svevo, fragte ich. Immer noch Tabucchi, sagte sie. Er sei ein melancholischer, sanfter Mann, der ununterbrochen Zigaretten rauche und den Kritikern unter seinen Zuhörern zustimme, die Literatur sei von keinem Nutzen. Er habe wegen einer Lesung und um ein neuerschienenes Buch zu signieren zwei Stunden in dem Buchladen verbracht. Sein melancholischer Stil zeige eine Seelenverwandtschaft, das sei bekannt, mit dem portugiesischen Fãdo und mit Pessoa, dem bescheidenen Herr Niemand. Er sei einer der sympathischsten Schriftsteller, die sie kennengelernt habe. Dabei habe er in Paris schwer zu kämpfen gegen einen angeblichen Konkurrenten in der phantastischen Erzählung, der in dieser Stadt bekannter sei und vielleicht beliebter. Cortázar habe den Schock und Tabucchi nur die melancholische Überraschung.

Wir tranken noch einen *ballon* und bestellten noch ein Brot. Ich aß es zwar allein auf, aber wir waren in Fahrt gekommen, und ich sagte, Equilibre und die Bücher, und sie kam auch prompt mit einem Zitat von Ungaretti *Sterben wie die durstigen Lerchen / an der Luftspiegelung.* Wir könnten das öfter machen, sagte ich, und uns hier treffen. Ich werde alle Bücher vertauschen, sagte sie, wenn ich weiter hier sitzen bleibe. Es war schon nach drei, und sie mußte gleich gehen. Wie wäre es mit einem Jour fixe, nur für uns, montags oder donnerstags um die gleiche Zeit, fragte ich. Montag paßt, sagte sie. Da haben wir im Theater *relâche,* dann können wir uns gegen Abend treffen, und ich bin nicht so begrenzt in der Zeit. Wir könnten uns gegen sieben treffen. Ich glaube, sie machen um halb zehn hier zu. Dann war sie weg, ich hatte nichts erwartet, aber ich fühlte mich so angeregt und hochgestimmt durch den Wein und die Konkurrenz zwischen Tabucchi und Cortázar. Ich hatte ihr nicht gesagt, daß ich eine neue Zeitschrift vorbereitete, daß ich mich entschieden hatte und daß die erste Nummer im Herbst erschiene. Und ich hatte nicht erfahren, ob sie sich abends auf zwei Kochplatten Spaghetti kochte und den Fernseher aufdrehte oder ob sie tatsächlich die ganze Zeit abends im Theater war. Ich hatte nichts erfahren von ihr, und dann fiel mir dieses schwarze Kostüm wieder ein, schwarz paßt gut zu leicht rötlichem Haar, aber ihre Magerkeit hatte den Jugendstileffekt des hohen Pelzkragens verdorben. Ich hatte nicht einmal ihre Telephonnummer. Aber Montag, schon nächsten Montag, würde ich sie sehen. Und als ich das Café verließ und die Rue de Rivoli in Richtung Bastille hinunterging, überfiel mich diese Traurigkeit, diese Fremdheit in Gedanken an dieses schwarze Kostüm. Nun hatte ich, der ich nicht weiter gedacht hatte als bis zu diesem Treffen am Donnerstag, einen Streifen am Horizont. Ich hatte die Aussicht auf ein neues Rendezvous. Ich hatte die Aussicht auf mehrere, auf viele Rendezvous vielleicht. Der Horizont war offen, und vieles war möglich. Und ich hatte sie gesehen. Ich hatte gesehen, daß sie lebendig war, ich hatte Equilibre gesehen mit ruhigen Gesten und einem nervösen, scharfen Gesicht. Aber ich war so traurig, als hätte dieses Mal ich sie verlassen.

Ich habe mich wieder gefangen. Wenn die Phantasie auch zu nichts nützlich ist, dann jedenfalls dazu, die Realität in vielen Facetten zu bearbeiten. Ich meine zu bearbeiten, nicht zu verfälschen. Zuweilen denke ich mit Rührung an dieses magere Geschöpf mit ihrem schwarzen Kostüm, das nichts von der jungen Französin hat und nichts von der lieblichen Aphrodite ihrer früheren Tage. Am Montag werde ich sie sehen. Ich glaube, ich bin frei von dem Vorwurf, daß ich sie, aus einer Mischung von Idealismus und Chauvinismus, ins Haus gesperrt habe. Ich sehe sie immer noch nicht als die mögliche *Mutter meiner Kinder,* ein Titel, mit dem der Snob wie der Spießer das Fortbestehen seiner Ehe erklärt. Weder Aphrodite noch Athene hatten Kinder, Göttinnen laden zu anderem ein. Ich bin kein Patriarch, ich habe mir den Luxus einer Liebesinszenierung geleistet, und ich habe vielleicht weniger Übel geerntet als die Paare, die in der Liebe auf Authentizität bestehen.

Und der geschlossene Garten bleibt als Allegorie für eine Liebesform, aus der die fatale Unschuld gerade vertrieben ist. Man kann darüber höhnen und sagen, mit Allegorien kann man nicht leben. Aber ich gebe nicht nach. Was wäre der Liebende ohne seine Imagination, was wäre die Liebe ohne Konzept? Ich werde die kleine Steinbank an eine seitliche Mauer der Rosen- und Mirabellenallee setzen. Vermutlich rechts zwischen die Pappeln kommt eine bequeme Steinbank mit einer Rückenwand und zwei geschwungenen Seitenlehnen, die in Voluten enden. Sie wird komfortabler sein. Man wird sich sogar auf ihr ausstrecken können, und im Sommer wird der Stein die Wärme halten. Ich gebe nicht nach. Ich glaube, es war Madame de Staël, die behauptet hat, Männer ersetzten die fehlende Bindung des Herzens durch Imagination. Hat sie nicht auch davon profitiert? Ich glaube, es sind diejenigen, die von der Liebe wenig verstehen, die die Imagination als Idealisierung der Frau denunzieren. Aber ich gebe nicht nach. Am Montag werde ich Equilibre sehen. Und vielleicht trägt sie ein anderes Kostüm. Und vielleicht wird sie mir eines Tages erlauben, ins Theater zu kommen und sie in ihrem langen schwarzen Kleid auf der Bühne, am Klavier sitzend zu sehen. Und vielleicht werden die Stühle im Saal himbeerfarben bezogen sein.

23. Juni 2002
überarbeitete Fassung: 10. August 2002

Inhalt